Das Schicksal der Ewigkeit

AF191343

Das Schicksal der Ewigkeit

Pia Celine Laber

Bibliografische Information der Deutschen Nationalbibliothek:
Die Deutsche Nationalbibliothek verzeichnet diese Publikation in der Deutschen Nationalbibliografie; detaillierte bibliografische Daten sind im Internet über dnb.dnb.de abrufbar.

Verlag: BoD · Books on Demand GmbH,
In de Tarpen 42, 22848 Norderstedt
Druck: Libri Plureos GmbH, Friedensallee 273,
22763 Hamburg

ISBN: 978-3-7597-9594-6

HAMBURG, 29.7.2014

Ich nahm einen Schluck von meinem Kaffee Latte, schreckte auf und spuckte ihn sofort wieder aus. Er war nie so heiß, wenn Rico ihn für mich machte, aber heute verbrannte ich mir die Zunge. Vielleicht ein schlechtes Omen? Schnell verwarf ich meinen Gedanken wieder und begab mich weiter auf den Weg ins Büro. Eilig lief ich über die große Kreuzung auf die andere Straßenseite und auf das mehrstöckige Gebäude zu, in welchem sich ein Großteil meines Lebens abspielte. Dort im dritten Stock befand sich die Redaktion des Lifestyle Magazins ‚Up-toDayte‘, für welches ich als Journalistin tätig war. Hier saß ich in der Abteilung *Wissen und Kultur* zusammen mit meiner besten Freundin Luise, meinem Kollegen Marc und zwei jungen Werkstudenten der Uni Hamburg. Die Arbeit hier war nicht unbedingt das, was ich mir von meiner Journalistenkarriere erhoffte, doch sie war ein Schritt in die richtige Richtung. Mein Traum war es allerdings, über Wirtschaft und Politik aus der ganzen Welt zu berichten und diese hautnah mitzuerleben. Vielleicht würde ich eines Tages bei den großen Entscheidungen der Welt vor Ort sein und live darüber berichten, wie Geschichte geschrieben wird. Doch bis jetzt waren das nur leere Wunschvorstellungen, von denen ich nur an meinem staubigen Schreibtisch träumen konnte. Als ich die schwere Vordertür aufdrückte und die Eingangshalle betrat, strahlte mir das breite Lachen von Marc entgegen. Marc hatte volles, braunes Haar, einen perfekt getrimmten drei-Tage-Bart und eine umwerfende Ausstrahlung, wenn er mich anlächelte. Ich wusste nicht, was es war, aber immer, wenn ich ihm begegnete, hatte ich ein flaues Gefühl im Magen und musste anfangen zu grinsen, dann vergaß ich alles um mich herum und war einfach nur wunschlos glücklich. Sein Arbeitsplatz war nur zwei Tische entfernt von meinem, sodass ich ihn manchmal auf dem Weg zur Küche heimlich beobachten konnte. Doch abgesehen von den kurzen Small Talks im Gang hatten wir keinerlei Beziehung zueinander. Trotzdem aber hatte ich diese Gefühle für ihn und wusste nicht ganz, wie ich damit umgehen sollte.

»Guten Morgen, Frau Ulrich.«

Auch wenn wir unsere Vornamen bereits kannten, sprachen wir uns immer noch förmlich an.

»Morgen.«

Ich ging schnell an ihm vorbei, als hätte ich es eilig, aber in Wirklichkeit wollte ich einfach nicht, wie er sieht, dass ich rot werde und mein Grinsen es fast der Sonne streitig machte. Ich eilte um die Ecke und wollte gerade an meinen Platz, um auf andere Gedanken zu kommen, da wurde ich auch schon von Luise abgefangen. Sie war meine beste Freundin, oder genauer gesagt meine einzige. Da ich noch nicht besonders lang in Hamburg wohnte und die meiste Zeit in der Redaktion verbrachte, hatte ich es nicht geschafft große Bekanntschaften zu machen. Aber mit Luise hatte ich eine sehr enge Freundschaft geschlossen. Als ich in der Redaktion anfing, waren mir die meisten Kollegen gegenüber eher abweisend. Ich hatte es nicht leicht, Anschluss zu finden. In meiner zweiten Woche hatte ich versucht, ein Dokument zu faxen. Jedoch hatte ich vergessen, die Heftklammer zu entfernen, weshalb der Zettel völlig schief in den Einzug gezogen wurde und letztendlich im innersten des Gerätes feststeckte. Das Gerät gab einen unaufhörlichen Piep-Ton von sich und ich versuchte panisch die Öffnung zu finden, um das Dokument aus dem Einzug zu entfernen. Während die anderen Kollegen im Büro mich nur grinsend anstarrten, als wäre ich auf einer Bananenschale ausgerutscht, eilte mir Luise zur Hilfe und bezwang das Faxgerät mit zwei schnellen Handgriffen. Sie erzählte mir später, dass ihr damals das Gleiche passiert war. Ein weiterer Kollege hätte in seiner ersten Woche sogar den Scanner in Brand gesetzt. In der Mittagspause gab ich ihr als Dankeschön einen Kaffee aus. Ab diesem Moment verbrachten wir jede Mittagspause und seltene freie Minuten zusammen.

Jetzt kannten wir uns schon fast drei Jahre aber es kam mir vor, als würde ich sie schon ewig kennen. Sie brachte mich immer auf andere Gedanken, wenn ich schlechte Laune hatte und konnte mich fast so gut zum Lachen bringen wie Marc. Natürlich wusste sie von meinen Gefühlen für ihn und bemerkte auch jetzt sofort, was Sache war.

»Na, bist du Prince Charming wieder begegnet?« Sie grinste mich spöttisch an und ich konnte mir einen Kommentar nicht verkneifen.

»Halt die Klappe!« Sagte ich ertappt und ging an ihr vorbei, woraufhin sie mir folgte und sich in einen Sessel in der Ecke warf.

»Musst du nicht arbeiten?«, fragte ich sie verblüfft und guckte beschäftigt auf meinen Bildschirm.

»Eigentlich schon. Ich mache gerade eine künstlerische Verschnaufpause.« sagte sie flüsternd, als ob jemand hinter der Tür lauern würde. Aber ich war nicht sehr überrascht, denn so liebenswert und hilfsbereit sie auch war, so kühn und draufgängerisch war sie auch. Aber genau das mochte ich an ihr.

»Lass dich bloß nicht von Frau Giese erwischen.« Frau Giese war unsere Chefin und Geschäftsführerin des Magazins. Eine Mitte fünfzig Jährige, verbitterte Dame, die ihre Menschlichkeit schon lange für ihre Arbeit eingetauscht hatte. Der Posten als Reaktionsleiterin war wohl nicht mit einem Privatleben vereinbar, oder mit einer Seele. Von Ihren Mitarbeitern erwartete sie stets Hochleistung. Manchmal hatte ich Problemen, mir morgens ein ‚Ja, Sir!‘ zu verkneifen, wenn sie mich etwas fragte und ich bekam stets eine

Gänsehaut, wenn sie mit ihren hohen Stöckelschuhen den Flur herunterging.

»Also, warum bittest du ihn nicht um ein Date?«

Luise riss mich aus meinen Gedanken.

»Wen?«

»Marc natürlich!«

»Das kann ich nicht. Wir kennen uns doch kaum und ...«

»Ihr müsst euch doch nicht kennen, damit ihr ein Date haben könnt. Das ist doch der Sinn der Sache. Und wenn er nicht den ersten Schritt macht, dann musst du das halt übernehmen, wir leben schließlich im 21. Jahrhundert.«

»Mal gucken.« entgegnete ich unsicher.

Das wäre dann leichter gesagt als getan. Das Thema *Männer* war in meinem Leben nicht immer einfach gewesen, und das nicht nur, weil ich bei jeder Gelegenheit rot anlief und kein Wort mehr herausbekam. Ich war außerdem eine unsterbliche, vierhundert Jahre alte Frau, gefangen im Körper einer Mitte zwanzig-Jährigen. Meine Familie gehörte einer Spezies an, die durch einen bestimmten Gendefekt nicht sterben konnte. Ich wurde als Säugling geboren wie jeder andere und wuchs auch wie ein normal Sterblicher auf, doch ab dem Zeitpunkt, an dem mein Körper ausgewachsen war, hörte ich auf zu altern, als hätte jemand die Uhr angehalten. Mir wuchsen keine grauen Haare, keine Falten im Gesicht, auch Krankheiten und Verletzungen hatte ich nie erlitten. Ich kenne bis heute die genauen biologischen Hintergründe nicht, aber ich konnte nicht sterben und aus diesem Grund wurden Leute wie ich seit Jahrhunderten von einer bestimmten Organisation von Menschen gejagt, die sich die *Kompanie* nannte. Was auch immer sie mit uns anstellten, ein Unsterblicher, der von Ihnen erwischt wurde, kam nicht mehr wieder. Vor ihnen war ich mein ganzes Leben lang schon auf der Flucht und hielt mich deshalb stets unauffällig und bedeckt. Es war für mich sehr schwer, Menschen zu vertrauen, da jeder einer von ihnen sein konnte.

Luise stand mit einem Ruck auf und legte mir die Hand auf die Schulter.

»Naja, ich muss dann auch mal wieder.«

Mit einem Zwinkern verließ sie den Raum und ich machte mich an meinem aktuellen Bericht „Das Wunder – die Kaffeebohne" zu schaffen.

Mein Bruder Reinhard wurde schon früh als Söldner zwangsrekrutiert. Ich war bei meinem Taufpaten untergebracht und half seiner Frau bei der Hausarbeit und auf dem Feld. Da ihre Söhne ebenfalls im Krieg kämpften und Ihre jüngste Tochter den letzten Winter nicht überstand, war sie dankbar für jede Hilfe, die ihr angeboten wurde. Mein Pate war ein einfacher Getreidebauer, der wenige Felder bestellte. Trotzdem fiel immer viel Arbeit an, sodass alle tatkräftig mithelfen mussten. Ich durfte nachts auf einem Strohbett auf dem Boden schlafen und war sehr dankbar, dass ich eine Zuflucht in diesen schweren Zeiten gefunden hatte, und Menschen, denen ich vertrauen konnte.

Schweden hatte Konstanz besetzt und es herrschte viel Angst und Unruhe. Truppen von Söldnern plünderten die Häuser und nahmen sich, was sie brauchten. Wir lebten in ohnehin schon armen Verhältnissen, aber diese Zeit verlangte uns alles ab. Mir war bewusst, dass ich keine Angst um das Leben meines Bruders haben musste, aber ich hoffte, dass es ihm gut ging und dass er bald wiederkehren würde. Seit unsere Mutter von der *Kompanie* mitgenommen wurde, waren wir auf uns alleine gestellt. Ich fühlte mich ohne meinen Bruder nicht mehr sicher, als wäre ein Teil von mir mit ihm gegangen. Wir wurden zwar jahrelang von unseren Eltern auf diese Situation vorbereitet, aber jetzt wo es so weit war, hatte ich große Angst, dass sie uns finden würden. Reinhard hat mir schon immer zur Seite gestanden, wenn ich Kummer hatte, und mich verstanden. In seiner Nähe musste ich keine Angst haben. Als wir unser Elternhaus verlassen mussten, flohen wir noch in derselben Nacht zu Volpert. Dieser kannte unser Geheimnis und hatte meiner Mutter schon vor unserer Geburt versprochen auf uns achtzugeben, wenn etwas passieren würde. Von meinem Bruder hörten wir nach seiner Einberufung monatelang nichts.

Es war eine stürmische Nacht und ich hörte den Wind zwischen den Brettern pfeifen, weshalb ich kein Auge zu bekam. Die Nächte wurden allmählich länger und kälter. Während ich wach lag, dachte ich über die Vergangenheit nach. Ich war nicht unglücklich bei meinen Paten zu leben, jedoch sehnte ich mich nach meiner Familie und der Sicherheit, die sie mir gaben. Zu Hause hatten wir nie in Armut gelebt und uns ging es gut. Mein Vater war ein kluger und sehr angesehener Mann und Meister einer städtischen Schmiede. Meinem Bruder brachte er schon als Kind viel bei und ich hörte manchmal zu, wenn er ihn unterrichtete. Er bildete meinen Bruder zum Gesellen aus und schickte ihn anschließend auf die Wanderschaft. Mein Bruder sollte unseren Vater nie wieder sehen, denn er wurde zwei Jahre nachdem mein Bruder ging von der *Kompanie* entführt. Er war damals im Namen des Bischofs auf Reisen gegangen. Später erfuhren wir, dass er nie an seinem Ziel angekommen sei und wussten sofort, was passiert sein musste.

Unser Vater hatte uns nie viel über sie erzählt, nur, dass sie eine Organisation waren, welche Leute wie uns jagten. Es gäbe mittlerweile nicht mehr viele, die so waren wie wir. Vor vielen Jahrhunderten lebten die Unsterblichen frei und in Frieden unter den Menschen. Sie wurden wegen der ewigen Jugend und der Weisheit ihres Alters geradezu verehrt und als Gesandte der Götter angesehen. Doch leider änderte sich diese Meinung, als die Kirche an Einfluss gewann. Fanatische Gruppen formten sich und hetzten die Menschen gegen die Unsterblichen auf. Sie sahen uns nicht als Geschöpf Gottes an, sondern waren der Meinung, dass unsere Existenz das Gleichgewicht der Natur stören würde und Unheil über die Erde bringe. Menschen fingen an, uns zu fürchten und zu meiden, weshalb sich die Unsterblichen abschotteten. Unseresgleichen wurde verfolgt, unsere Existenz wurde geleugnet und aus allen Aufzeichnungen und Überlieferungen ausradiert. Wer sich zu den Unsterblichen bekannte, wurde ebenso verfolgt und bestraft. Fortan lebten Unsterbliche im Verborgenen und auf der Flucht vor diesen Menschen. Ein Großteil derer wurde gefasst und die Zahl der Unsterblichen sank rasant. Trotzdem gab es immer noch einige verbleibende Familien und Stämme, die es über Jahrhunderte schafften sich zu organisieren und unentdeckt zu bleiben. Meine Eltern lebten in so einem Stamm, in welchem sie gemeinsam aufwuchsen. Die *Kompanie* hatte als Organisation viele Anhänger und war gut vernetzt und organisiert. Als sie das Dorf meiner Eltern entdeckten, entführten sie unter dem Vorwand der Hexenverfolgung einen Großteil des Stammes. Mein Vater schaffte es, mit meiner Mutter zu fliehen, welche damals mit meinem Bruder schwanger war, aber die Organisation hatte nie aufgehört nach ihnen zu suchen.

Es änderte sich alles, nachdem Vater verschwunden war. Mein Bruder übernahm, als er zurückkehrte, die Schmiede meines Vaters. Ich half meiner Mutter im Haushalt und sie lehrte mich das Schneidern und Nähen, da ihre Mutter es damals auch ihr beigebracht hatte. Allerdings herrschte zu Hause nach dem Verschwinden unseres Vaters eine triste Stimmung und man sah Mutter nur noch sehr selten lachen. Sie machte sich viele Vorwürfe und manchmal kam es mir vor, als wolle sie nicht länger leben. Kurz vor ihrem Verschwinden führten wir noch einmal ein seltsames Gespräch. Wir waren dabei das Essen für uns vorzubereiten, als sie anfing über ihre Kindheit zu erzählen. Das Dorf, in dem sie lebte, befand sich weitab von größeren Städten in einem Gebirgstal. Sie lebte zusammen mit vielen anderen Unsterblichen und Sympathisanten mehrere Jahrzehnte in Frieden. Hier mussten sie sich nicht verstecken und lebten unabhängig von anderen Städten. Mir schien diese Vorstellung völlig fremd. Ich sah, wie sich Ihre Augen mit Tränen füllten, als sie mit von ihren Freunden und Familie erzählte. Sie musste in jener Nacht alles zurücklassen, was sie gekannt und geliebt hatte. Plötzlich ergriff sie meine Hand und sagte mir, dass egal was kommen würde, mein Bruder und ich immer zusammenhalten müssen. Es schien, als hätte sie gewusst, dass die *Kompanie* sie als nächste aufspüren würde. Dann brachen sie kurze Zeit später, als Söldner getarnt, in unser Haus ein. Es war ein Tag, wie jeder andere. Ich half meinem Bruder morgens bei der Arbeit und im Vertrieb und ging für ihn auf den Markt. Dort unterhielt ich mich wie gewöhnlich kurz mit der Frau vom Müller, welche dort täglich Brötchen verkaufte. Wir führten in der Regel nur oberflächliche Gespräche, aber ich wusste, dass sie auch Ihr den Tag ein wenig aufhellten. Als ich zurückkam, unterstützte ich meine Mutter beim Weben und abends bereiteten wir gemeinsam das Essen vor, sodass es fertig war, als mein Bruder seine Arbeit beendete. Während mein Bruder noch das Feuer im Kamin anzündete, hörten wir plötzlich die Glocken des Eingangstores draußen. Wir drei blickten uns gleichzeitig erschrocken an und meine Mutter navigierte uns wortlos in die Vorratskammer, wo wir uns versteckten. Wenig später hörten wir, wie die Tür aufgebrochen wurde. Unsere Mutter bewaffnete sich mit einem Küchenmesser und befahl uns, aus dem Hintereingang zu fliehen. Reinhard zögerte nicht lange, doch ich weigerte mich, meine Mutter einfach zurückzulassen. Der Schock und die Angst hatten meine Beine gelähmt und ich konnte mich nicht mehr rühren. In meinem Kopf ging so viel vor, so viele Dinge, die ich meiner Mutter noch hätte sagen wollen. Erst als mein Bruder mich am Arm packte, löste sich die Starre. Er zog mich von unserer Mutter weg und wir flohen zur Hintertür. Dann machten wir das Pferd los und ritten gemeinsam davon. Als ich mich nach einiger Zeit umdrehte, sah ich, wie unser Haus in Flammen aufging. Ich fing an zu schreien und mein Bruder drückte mich an sich und sagte, ich solle die Augen schließen. Schließlich schlief ich ein und wachte erst am nächsten Morgen wieder auf. Ich konnte diesen Anblick nie vergessen, in der Nacht, an der ich meine Mutter zum letzten Mal sah.

Ich schlief fast über diesem Gedanken ein, als ich draußen plötzlich Schritte hörte. Sie waren sehr deutlich zu hören und kamen näher. Mein Herz schlug mir bis zum Hals. Ich konnte nicht ausmachen, ob es sich um ein Tier handelte, was unsere Hühner fressen wollte, oder doch um einen Einbrecher. Jedenfalls weckte ich Volpert und seine Frau Heidelore aufgeregt. Mein Pate bewaffnete sich unwillkürlich mit einer Heugabel und ging zur Tür heraus. Wir warteten gespannt im Haus, bis wir kurze Zeit später einen Schrei hörten und Volpert zur Hilfe eilten. Doch dieser war nicht, wie erwartet, in einen Kampf verwickelt, sondern umarmte zu unserer Verwunderung den vermeintlichen Einbrecher. Als er sich zu uns umdrehte, erkannte ich, dass es Reinhard war, der in der Dunkelheit umhergeirrt war. Ich rannte auf ihn zu und fiel ihm um den Hals. Tränen rollten mir unkontrolliert die Wange runter. Ich war mir nicht sicher, ob ich nicht doch träumte, aber seine warmen Hände und der unverkennbare Geruch schienen so echt. Erst jetzt wurde mir bewusst, wie einsam ich mich zuvor gefühlt hatte. Als ich mich wieder beruhigt hatte, gingen wir alle zurück ins Haus. Es gab so viele offene Fragen, dass an Schlaf gar nicht mehr zu denken war. Nachdem wir ein Feuer gemacht hatten, setzen wir uns und Reinhard erzählte, was er im Krieg erlebt hatte und warum er wieder zurück war. Er kämpfte mehrere Monate für das kaiserliche Heer gegen die Schweden um den Bodensee. Bei einer Schlacht bei Lindau wurde er dann auf dem Schlachtfeld angeschossen und für tot erklärt. Das war vor mehreren Tagen. Als er wieder zu sich kam, waren seine Truppen bereits weitergezogen. Die Schweden hatten alles geplündert, sogar seine Schuhe und die Waffe hatten sie mitgenommen. Er beschloss unterzutauchen und zurück nachhause zu kommen. Er war mehrere Tage unterwegs, ohne Pferd oder Essen. Er durfte nicht erkannt werden, sonst hätte man seine Uniform gesehen und gemerkt, dass er ein Deserteur war. Deshalb hielt er sich von den Hauptstraßen fern und zog zwei Tage lang allein und unbewaffnet durch die Wälder.

Wir redeten noch einige Stunden. Schließlich schliefen wir neben dem Feuer ein. Als ich aufwachte, stand mein Bruder schon mit Volpert auf dem Feld und Hiltraud bereitete einen Haferbrei zu. Sie hatten mich nach der aufregenden Nacht schlafen lassen. Als wir alle zusammen aßen, fing mein Bruder an, über die Zukunft zu reden. Es wäre an der Zeit für uns weiterzuziehen, um kein weiteres Aufsehen zu erregen. Unsere Eltern hatten schon damals gefälschte Dokumente anfertigen lassen, für den Fall, dass wir untertauchen müssen. Wir würden in einer Woche mit der Kutsche aufbrechen und uns ein neues Leben suchen, um unserem Paten nicht länger zur Last zu fallen. Volpert und Hiltraud waren zwar traurig über unseren Entschluss und auch mir fiel es schwer sie nach all der Zeit zurückzulassen. Doch ich wusste auch, dass es nötig war, um unentdeckt zu bleiben.

Es war 12:30 Uhr und ich saß mit Marc auf einer Bank und trank einen Kaffee mit ihm.

Als ich heute Morgen aufwachte, ahnte ich nicht, dass ich meinen ersten Wecker bereits weggedrückt hatte und unverzüglich wieder einschlief. Gestern Abend saß ich noch bis spät in die Nacht an meinem Artikel. Nun musste ich mit erschrecken feststellen, dass meine Schicht bereits in einer halben Stunde anfing und ich noch im Pyjama im Bett saß. 15 Minuten und zwei Panikattacken später saß ich ungeduscht und müde in der U-Bahn. Warum tue ich mir das nochmal an? Keine Zeit darüber nachzudenken. Aber ohne einen Kaffee würden mich heute keine 10 Pferde wachhalten, soviel Zeit musste also sein. Nach einem rekordverdächtigen Pitstop bei Rico machte ich mich auf direktem Wege auf ins Büro. Ich jonglierte mit meinem Portemonnaie, meinem Becher und dem Smartphone im Arm, während ich versuchte, mit meinen Pumps einen Sprint hinzulegen und dabei die Sonnenbrille auf der Nase zu halten. Als ich erleichtert und schnaufend die Tür der Redaktion erreicht hatte, blieb ich mit dem Absatz an der Schwelle hängen, stolperte nach vorn und geradewegs in die Arme von Marc. Mein halb-voller Becher landete direkt auf seiner Schulter. Wir schreckten beide auf und ich wurde rot wie eine Tomate. Ausgerechnet IHM musste ich heute Morgen über den Weg laufen, geht es noch peinlicher? Sein blau-weiß kariertes Hemd färbte sich langsam braun und es roch im ganzen Gang nach Kaffee und Karamell-Aroma. Nachdem ich langsam realisiere, was passiert war, setzte meine Gehirnfunktion wieder ein.

»Es tut mir so leid! Wie unangenehm.«
Hektisch kramte ich eine Packung Taschentücher aus meiner Tasche und versuchte damit gleichzeitig sein Hemd zu retten und meine Verlegenheit zu verbergen. Marc grinste nur heiter.

»Schon in Ordnung, das Ding ist sowieso schon viel zu alt. Schade nur um den Kaffee.«
Ich fing unkontrolliert an zu Lachen und schenkte ihm den Rest meiner Taschentücher. Wie konnte er nur so gelassen bleiben? Ich war gerade kurz davor im Boden zu versinken und er hat nichts Besseres zu tun als mit mir zu flirten?

»Sie könnte es wiedergutmachen und mir in der Mittagspause einen ausgeben.«

Er hatte eine Augenbraue nach oben gezogen und guckte mich erwartungsvoll lächelnd an. Hatte er mich wirklich grade gefragt, ob ich mit ihm einen Kaffee trinken möchte? Ich war so verwirrt, dass ich fast vergaß ihm zu antworten. Als Marcs vorfreudiges Lachen zu verschwinden drohte, willigte ich allerdings schnell ein.

»Ähm ... ja natürlich! Das ist das mindeste, was ich tun kann! Sie können mich übrigens Mara nennen.«

»Marc.« Entgegnete er und streckte mir freudig seine Hand aus, welche ich grinsend nahm und schüttelte. Dann begaben wir uns gemeinsam ins Büro und ich konnte es kaum abwarten, Luise davon zu berichten, was soeben passiert war.

Als ich um zwölf Uhr aufgeregt aus dem Fahrstuhl stieg, wartete Marc schon in der Eingangshalle. Unsere Blicke trafen sich und wir fingen beide an zu lächeln. Luise hatte den ganzen Morgen versucht, mich zu beruhigen. Was, wenn ich mich wieder blamieren würde oder schlimmer, wenn wir uns nur anschweigen würden? Aber jetzt gab es kein Zurück mehr. Ricos Café lag nur ungefähr 100 Meter entfernt von der Redaktion. Als wir das Café betraten, warf Rico mir einen erstaunten Blick zu. Ich erwiderte mit einem verlegenen Schmunzeln. Sofort bot er uns einen Tisch für zwei in der Sonne an. Ich besuchte das Café nun seit 3 Jahren jeden Morgen vor der Arbeit, und er bot mir mittlerweile meinen Kaffee zum halben Preis an. *Mengenrabatt* hatte er es damals spaßeshalber genannt, aber eigentlich traf es das ganz gut. Leute behaupteten zwar, man könne von dem Zeug nicht süchtig werden, aber ich war der lebende Beweis dafür, dass es doch möglich war. So bin ich auch auf das Thema für meinen neuen Bericht gekommen.

»Das Übliche?«, frage mich Rico, während er eine Kerze auf dem Tisch anzündete. Ich nickte nur mit dem Kopf, der mittlerweile wieder rot anlief.

»Und was kann ich dir bringen?«

»Einen Cappuccino bitte.«

Danach unterhielten wir uns Small Talk artig über die Arbeit und unser Leben in Hamburg. Marc fragte mich, wie ich mit meinem Bericht vorankam. Ich gab mir besonders viel Mühe dabei, zu erklären wie die Kaffeebohne geröstet wurde und was der Unterschied zwischen Arabica und Robusta war. Bis mir schließlich auffiel, dass Marc die Frage nur aus Höflichkeit gestellt hatte. Ich beendete meinen Vortrag abrupt mit einem ,es läuft ganz gut' woraufhin Marc anfing zu Lachen.

»Es ist schön, wie sehr deine Arbeit dich begeistert.«

»Ich bin einfach froh diesen Job zu haben.«

»Ja, es ist nicht so leicht einen guten Job zu finden. Ich musste mich selbst du viele unbezahlte Praktika kämpfen, um hierherzukommen. Aber eines Tages möchte ich Sportjournalist werden, das ist mein eigentliches Ziel.«

»Ein schöner Gedanke, du kannst es sicherlich schaffen. Mein großer Traum war es immer, über Politik zu berichten.«

»Du bist noch jung und am Anfang deiner Karriere, das kann ja noch werden.«

Wenn er wüsste. Es war leicht mit Marc zu reden. All die Bedenken, die ich hatte, waren völlig umsonst. Die Mittagspause verging wie im Flug. Nach einem Blick auf die Uhr merkten wir plötzlich, dass die halbe Stunde schon um war. Unseren Kaffee hatten wir schon lange ausgetrunken. Wir fanden heraus, dass Marcs Wohnung nur wenige Straßen von meiner entfernt lag. Es fühlte sich an wie ein glücklicher Zufall. Alles fühlte sich so unbeschwert an, als würden wir uns schon eine Ewigkeit kennen. Nachdem ich den Kaffee bezahlt hatte, machten wir uns wieder auf den Weg. Kurz vor dem Büro kamen mir die Worte von Luise in den Kopf. Eigentlich tat ich mich schwer damit, Freundschaften, geschweige denn Beziehungen aufzubauen. Aber aus irgendeinem Grund wollte ich Marc näher kennenlernen. Ich wollte es nicht bei einem Kaffee und oberflächlichen Gesprächen belassen. Genau genommen hatte er den ersten Schritt ja bereits gemacht, jetzt war ich also an der Reihe. Ohne noch weiter zu überlegen, platze es aus mir heraus.

»Ach Marc?«

Er drehte sich um und blickte mir tief in die Augen. Für einen kurzen Augenblick war ich wie versteinert. Was hatte ich mir dabei gedacht? Was wollte ich überhaupt sagen? Jetzt gab es kein Zurück mehr. Ich holte noch einmal tief Luft.

»Ich weiß wir kennen uns noch nicht sehr gut aber ich hatte mir überlegt, ob wir nicht vielleicht mal ... naja ... ausgehen könnten?«

Das Herz schlug mir bis zum Hals während ich ihn aufgeregt anstarrte. Doch Marc überlegte nicht lang.

»Na klar! Heute habe ich leider keine Zeit aber wie wäre es mit morgen Abend. Wir könnten essen gehen.«

Seine Reaktion überraschte mich. Mit so einer schnellen Antwort hatte ich gar nicht gerechnet. Wie schafft er es nur immer so gelassen zu bleiben? Das war also mein erstes offizielles Date. Immer noch ein wenig geschockt und gleichzeitig voller Euphorie grinste ich ihn an.

»Das klingt super!«

Wir machten noch eine Uhrzeit aus bevor wir beide zurück ins Büro gingen. Immer noch sprachlos begab ich mich auf direktem Wege zu Luise, um ihr von meiner großen Errungenschaft zu berichten.

STUTTGART, 14.10.1705

Es sind nun 70 Jahre vergangen, seit wir unser Zuhause zurücklassen mussten. Ich erinnere mich noch
oft an jenen Abend zurück, als wir Konstanz für
immer verließen. Wir waren damals unerfahren und
reisten plan - und ziellos Richtung Norden. Nach 3
Tagen erreichten wir Ebingen, und beschlossen zu
bleiben. Es gelang meinem Bruder, als Schmied in
einen Betrieb aufgenommen zu werden und ich
diente in einer städtischen Schneiderei. Es war nicht
immer einfach für uns. Mein Bruder bekam zwar
einen Lohn, aber der reichte kaum für uns beide aus
und ich verdiente als unverheiratete Frau nur ein
Zehntel davon. Mit der Zeit fingen die Leute an,
über uns zu reden. Wir waren den Leuten aus dem
Dorf gegenüber sehr verschwiegen über unsere Ver-

gangenheit, weshalb sie anfingen über unsere Herkunft zu rätseln. Die Frauen aus der Schneiderei fragten sich, warum ich keinerlei Anstalten machte, mich zu verheiraten. Außerdem alterten wir nicht, weshalb es nur eine Frage der Zeit war, bis wir weiterziehen mussten. Nach 25 Jahren beschlossen wir in einer Nacht-und-Nebel-Aktion unser Leben dort zurückzulassen und weiter Richtung Norden zu reisen. In Stuttgart wollten wir einen Neustart versuchen. Mein Bruder arbeitete weiterhin als Schmied. Sein Meister war begeistert von seinen Fähigkeiten und nahm ihn direkt auf. Ich durfte im Haus als Magd arbeiten und mich um den Haushalt kümmern. Meine Freizeit verbrachte ich damit, in der Bibliothek zu lesen.

Meinem Bruder hatte unser Vater schon früh das Lesen und Schreiben gelehrt. Er war aber ein sehr traditioneller Mann und hielt es nicht für nötig, mich zu unterrichten. Ich sollte meiner Mutter unter die Arme greifen und mich nicht mit Büchern aufhalten. Als wir noch Kinder waren, stahl Reinhard dann ein paar Bücher aus der Bibliothek, einfache Gedichte und Kurzgeschichten. Nachts, wenn wir eigentlich schlafen sollten, schlichen wir uns raus und er lehrte mich das Lesen. Wir verbrachten unzählige Abende damit, uns gegenseitig vorzulesen. Unsere Worte schafften es, ganze Welten zu erschaffen, in die man für eine kurze Zeit eintauchen konnte und alles um sich herum vergaß. Es wurde zu einer meiner größten Leidenschaften.

In Stuttgart bauten wir uns ein gutes Leben auf.

Die Fähigkeiten und der Intellekt meines Bruders trugen dazu bei, dass wir stets über die Runden kamen. Im Jahr 1664 sollte sich ein weiteres Mal alles ändern. Da sein Meister so begeistert von seinen Fertigkeiten war, sollte Reinhard von ihm weitergebildet zu werden, wenn dieser versprach seine Tochter zur Frau zu nehmen. Ich hatte meinen Bruder noch nie so aufgeregt gesehen. In die Fußstapfen unseres Vaters zu treten war schon immer sein sehnlichster Wunsch gewesen, aber mein Bruder war auch ein vernünftiger Mensch. Mit einem Geheimnis wie unserem war es unmöglich solch eine Bindung einzugehen. Reinhard hätte nie eingewilligt, hätte ich ihn nicht dazu überredet. Ich wusste, dass er es sich insgeheim wünschte und dass er nur zu bescheiden und unsicher war, um einzuwilligen. Aber was nützte uns unser unsterbliches Leben, wenn wir uns nicht trauten, es zu leben? Letztendlich willigte mein Bruder ein und nahm die Meistertochter, Elisabeth zur Frau. Er fertigte mehrere Wochen sein prachtvolles Meisterstück, einen Helm, welcher auf Hochglanz poliert war. Seine Nähte waren kaum zu sehen und er war an den Kanten mit Knöpfen und eingravierten Mustern verziert. Es kostete meinen Bruder nicht nur viel Zeit, sondern auch fast unser gesamtes Vermögen den Helm herzustellen und die Meisterprüfung abzulegen. Dennoch schien Reinhard glücklich und stolz und das genügte mir.

Seine Frau Elisabeth war niemand besonderes. Sie hatte blondes, langes Haar, welches sie sich hochsteckte, eine relativ große Nase und eng zusammenstehende, grüne Augen. Ihre Mundwinkel zeigten stets nach unten, was sie sehr streng aussehen ließ. Allerdings hatte sie infolge ihres noch jungen Alters ein sehr verspieltes und naives Betragen, was die Vernunft und Rationalität meines Bruders gut ergänzte. Man konnte von ihr nicht behaupten, besonders gebildet zu sein, weshalb man sich mit ihr nur über oberflächliche Themen unterhalten konnte, trotzdem verstanden wir uns all die Jahre über gut. Sie schenkte meinem Bruder zwei Kinder, einen Sohn und eine Tochter, welche, entgegen unserer Befürchtungen, sterblich waren. Fortan übernahm ich also im Haushalt auch die Rolle eines Kindermädchens. Auch wenn manchmal Zweifel und sogar ein wenig Eifersucht aufkam, war es nicht schwer meinen Bruder so glücklich zu sehen. Ich bewahrte mir einfach die Hoffnung, dass meine Zeit noch kommen würde.

Die Jahre vergingen und die Kinder wuchsen zu jungen Erwachsenen heran. Der Junge, stattlich und aufgeweckt, trat in die Fußstapfen seines Vaters. Das Mädchen wuchs zu einer kultivierten Frau heran und heiratete einen Kaufmann. Wir hatten uns an das Leben in Stuttgart gewöhnt und die Jahre waren wie im Flug vergangen. Für meinen Bruder und mich war klar, dass wir schon viel zu lange am selben Ort geblieben waren. Richards früherer Meister war schon seit einigen Jahren tot und auch seine Frau hätte man mittlerweile für seine Mutter halten können. Es gab aber zwei Probleme, welche sich uns in den Weg stellten: Wir brauchten mittlerweile für die Reise neue Passports unter neuem Namen und dafür wir mussten Elisabeth in unser Geheimnis einweihen.

Mein Bruder versuchte die nächsten Tage sich am Rande der Stadtmauern, wo die Vagabunden sich aufhielten, jemanden ausfindig zu machen, der uns neue Pässe besorgen konnte. Er wurde an einen Mann verwiesen, der eine Schenke am Rand der Stadt betrieb. Sie verabredeten ein Treffen in der Schenke. Wegen der Personenbeschreibung musste ich auch anwesend sein. Mir wurde angst und bange bei dem Gedanken an das Treffen und auch Reinhard erschien der Plan nicht ganz sicher. Bevor wir losgingen, zog ich mir einen langen, schwarzen Mantel an und Reinhard steckte sich einen Dolch in die Tasche. Die Gassen, in die wir uns begaben, waren eng und dunkel. Eine gefühlte Ewigkeit dauerte es, bis wir unser Ziel erreichten. Wir fanden uns vor einer kleinen, unscheinbaren Holzhütte wieder. Die Tür zierte ein Schild mit einem Bierkrug. Als wir eintraten, blickten uns mehrere, düstere Gestalten an. Sie saßen zusammen, tranken mehr als sie sollten und aßen mit bloßen Händen wie wilde Tiere. Der Anblick jagte mir einen Schauer über den Rücken. Ich konnte zwar nicht sterben, jedoch konnte man mir sehr wohl Schmerzen zufügen und solchen Männern war nicht über den Weg zu trauen. Einer von Ihnen kam auf uns zu und führte uns zu einem Tisch an dem noch ein anderer Herr saß. Er sah mysteriös und finster aus, unter seiner Kapuze kam sein langes, blondes Haar zum Vorschein, oberhalb seines linken Auges zierte eine Narbe sein Gesicht. Wo die wohl herkam? Anscheinend diente der Wirt nur als Vermittler, denn er verschwand direkt wieder hinter dem Tresen, als wir uns gesetzt hatten. Die Stimmung war sehr angespannt. Wir verrieten uns gegenseitig unsere Namen nicht, so war sichergestellt, dass keiner den anderen an die Stadt verraten könne. Schließlich erklärten wir ihm genau, was wir brauchten.

»Was wollen zwei wie ihr eigentlich mit gefälschten Dokumenten?«

Seine dunkle, rauchige Stimme lief mir kalt den Rücken runter. Ich wollte auf der Stelle weglaufen. Aber mein Bruder schaffte es wie immer die Ruhe zu bewahren.

»Lass das mal unsere Sorge sein.«

»Haha!« Drang es laut aus ihm hervor. »In Ordnung, ihr seid nicht zum Plaudern gekommen. Solange mein Schweigen ausreichend entlohnt wird, sind meine Lippen versiegelt.«

»Wie geben dir vier Gulden.«

»Zehn!«

»Drei Taler und zwei Gulden, das ist mein letztes Angebot.«

Mein Bruder blickte ihm lang und tief in die Augen, als könne nichts und niemand ihm etwas anhaben. Der Mann nahm einen langen Atemzug als sein Blick nach unten wanderte.

»In Ordnung.«

Er streckte eine seiner schmutzigen Hände aus und mein Bruder schlug ein und entgegnete scharf.

»Die Münzen bekommst du, wenn wir die Dokumente haben.«

Der Mann lachte tückisch und klatschte dabei laut in die Hände.

»Du bist ein kluges Kerlchen, das gefällt mir. Wir werden es so machen. Seid in einer Woche genau hier, zur selben Uhrzeit«

Dann verließen wir die Schenke genauso schnell, wie wir gekommen waren. Auf dem Rückweg diskutierten wir, wie wir Elisabeth in den Plan einweihen würden. Keiner von uns wusste so genau, wie wir das anstellen sollten, aber wenn alles gut lief, dann würden wir in einer Woche, nachdem bei Sonnenaufgang die Stadtmauern passieren. Wir würden es so aussehen lassen, als ob wir unsere Tante zum Geburtstag besuchen fahren. Offiziell würden wir auf dem Rückweg von Räubern geplündert und niedergestochen werden. Elisabeth würde dann als Witwe eines Meisters von der Zunft versorgt werden. Unser Plan war gut durchdacht, aber alles war nun von einzig und allein von ihr abhängig.

Zu Hause bereitete ich das Abendessen für alle vor und wir setzten uns gemeinsam an den Tisch. Uns war die Angespanntheit deutlich anzumerken. Nach dem Essen baten wir Lehrlinge und Gesinde aus dem Zimmer, um mit Elisabeth alleine zu sein. Sie war sichtlich verwundert aber setzte sich dennoch zurück an den Tisch. Ich wusste nicht wie ich anfangen sollte und auch mein Bruder sah verunsichert aus. Nach kurzer Zeit fing mein er stockend an zu reden.

»Lisbeth, es ist an der Zeit, dass du erfährst, warum wir in diese Stadt gekommen sind, weshalb wir zwei immer zusammenbleiben und warum ich trotz all der Jahre immer noch so aussehe wie damals, als wir uns kennenlernten.«

Elisabeth sagte kein Wort, sie saß nur da und guckte uns verunsichert und mit hochgezogenen Augenbrauen an. Aber Reinhard fuhr einfach fort.

»Unsere Eltern waren keine normalen Menschen. Sie wurden damals von Leuten mitgenommen, die unseresgleichen jagen und gefangen nehmen. Das war 1630.«

Zum ersten Mal reagierte Elisabeth auf das, was wir ihr erzählten.

»Aber, das ist nicht möglich, dann wärt ihr zwei ja schon mindestens ...«

»Einhundert Jahre alt.« unterbrach ich sie.

»Genaugenommen sind wir beide schon 135 Jahre alt.«

Sie fing an zu Lachen und schaute uns ungläubig an, aber ich merkte, dass ein kleiner Teil von ihr uns Glauben schenkte, je länger wir ernst blieben. In ihren Augen erkannte ich eine zunehmende Verunsicherung.

»Aber das ist ... und wie kann das überhaupt ... warum erzählt ihr mir so ein Märchen?«

In ihrem Kopf herrschte Chaos. Verständlich. So eine Neuigkeit brauchte Zeit. Leider hatten wir nur noch eine Woche. Wir ließen ihre Fassungslosigkeit außer Acht und fuhren fort, erzählten von unserem Leben, unserer Vergangenheit und dass es für uns hier keine Zukunft gab. Schließlich weihten wir sie in unseren Plan ein. Sprachlos und verzweifelt fiel ihr Blick langsam zu Boden. Was erwartet man auch von einer Frau, dessen ganzes Leben man gerade auf den Kopf gestellt hatte.

»Ich weiß nicht, was ich sagen soll. Was ihr da erzählt kann ich einfach nicht glauben. Das ist doch völliger Irrsinn. Wenn du unglücklich bist, können wir darüber reden.«

Reinhard verlor die Geduld, sprang auf und griff einen Dolch aus seiner Tasche

»Es tut mir leid aber anders wirst du mir wohl keinen Glauben schenken.«

Er schnitt sich vor unseren Augen tief in die Hand. Elisabeth schreckte auf und wollte ihrem Mann zu Hilfe eilen, doch bevor sie etwas tun konnte, war die Wunde schon wieder verheilt. Elisabeth blieb sprachlos und mit weit aufgerissenen Augen stehen. Bevor wir noch etwas sagen konnten, rannte sie aus dem Raum und nach draußen. Reinhard wollte ihr hinterher, aber ich hielt ihn zurück und deutete an, dass er ihr Zeit geben müsse. Er setzte sich wieder neben mich und wir schwiegen uns eine ganze Weile an. Reinhard machte sich noch den ganzen Abend Gedanken, dass Elisabeth uns verraten und nie wiederkommen könnte, aber ich vertraute ihr aus irgendeinem Grund. Sie war zwar lange nicht mehr die verspielte junge Dame, die sie damals war, aber sie hatte immer noch ein gutes Herz. Vielleicht war es das, oder der insgeheime Wunsch nach einem Abenteuer der sie überzeugte, denn sie kehrte nach mehreren Stunden endlich zurück und war bereit mit uns zu reden. Es war bereits dunkel und spät geworden aber Elisabeth löcherte uns noch bis spät in die Nacht mit Fragen über unser Leben.

Die nächsten Nächte widmeten wir der Ausbesserung unseres ‚Fluchtplanes'. Reinhard war der Meinung, es wäre sicherer, wenn er erst einmal alleine zum Treffpunkt gehen würde. Um uns vor einem Überfall zu schützen, und um sicherzugehen, dass wir die Pässe wirklich bekamen, würde er ohne das Geld hingehen, nach kurzer Zeit würde ich nachkommen und das Geld übergeben. Am nächsten Morgen würden wir bei Anbruch der Dämmerung abreisen. Elisabeth äußerte immer wieder Zweifel. Sie wollte ihren Ehemann nicht verlieren aber sie begriff auch, dass es künftig für uns zu gefährlich sei, hier zu bleiben.

Als der Tag der Übergabe gekommen war, waren wir alle ziemlich angespannt. Die Zeit schien langsamer zu vergehen als normalerweise. Ich sollte mich eigentlich schon an den Gedanken gewöhnt haben, doch ich war trotzdem sehr aufgeregt, dass sich heute mein Leben ein weiteres Mal vollkommen ändern würde. Es war ein Samstag und mein Bruder übergab seinem Sohn nach der Arbeit die Verantwortung für die Schmiede, bis er von seinen Reisen wieder zurück war. Den Abend verbrachten wir damit, die wichtigsten Sachen zusammenzupacken. Um kurz vor 8 war es so weit. Reinhard gab mir einen kleinen Beutel mit den Münzen, welchen ich angespannt umklammerte. Wir gingen gemeinsam

los. Ich hielt mich eine Ecke vor der Schenke ver-
deckt zurück. Mein Bruder ging voran. Einige Minuten danach machte ich mich ebenfalls auf den Weg.
Vor der Schenke fand ich nicht nur Reinhard und
den Fälscher vor, sondern einen dritten Mann, der
sich zusammen mit dem Fälscher um Reinhard aufgebaut hatte. Als sie mich bemerkten, wandten sie
sich mir zu. Ich blieb erstarrt und angsterfüllt stehen.

»Da ist ja unsere Botin. Wie du siehst, wollte auch
ich nicht reingelegt werden und hab mir eine Ver-
stärkung mitgebracht.«

Er deutete auf den, zugegeben, sehr großen Mann
hinter ihm.

»Na los! Gib mir das versprochene Geld.«

Ich blickte zu Reinhard rüber, der mir kurz zunickte.
Daraufhin ließ ich den Beutel in die gierig ausge-
streckte Hand des Fälschers fallen und ging instinktiv ein paar Schritte zurück. Der Fälscher zählte die
Münzen im Beutel und nickte dann seinem Freund
zu, welcher Reinhard den Weg frei machte. Er begab
sich schnellen Schrittes auf mich zu und zog mich
am Arm mit sich. Er war sichtlich aufgeregt und ließ
meinen Arm nicht los bis wir einige Straßen weit
weg waren. Zu Hause angekommen, berichteten wir
Elisabeth wie alles abgelaufen war und fingen an
den Wagen zu beladen und die Pferde für die Reise
vorzubereiten. Keiner von uns konnte in dieser
Nacht gut schlafen. Als die Morgendämmerung
einbrach, verabschiedeten wir uns ein letztes Mal
und machten uns auf den Weg zur Stadtmauer. Ich
freute mich zwar auf das neue Leben, welches wir

finden würden, trotzdem fiel mir der Abschied schwer. Und auch Reinhard war es nicht leichtgefallen, seine Leben dort zurückzulassen. Nach wenigen Metern drehte ich mich noch ein letztes Mal um. Wir hatten die Stadtmauern hinter uns gelassen und die Reise in das Unbekannte begann erneut.

Nur noch 15 Minuten bis Feierabend. Ich war schon seit heute Morgen aufgeregt und hatte extra mein bestes Outfit angezogen, ein adrettes rotes Kleid mit schwarzem Hemdkragen und schwarzer Strickstrumpfhose. Es würde mein erstes richtiges Date seit einer Ewigkeit sein und ich hatte keine Ahnung wie ich mich verhalten sollte. Sollte ich so tun als wären wir Freunde oder mit ihm flirten? Sollte ich offen sein oder ruhig und geheimnisvoll? Luise hat mir geraten ganz ich selbst zu sein aber ehrlich gesagt hatte ich nicht ganz verstanden, was das bedeutete. War ich sonst nicht ich selbst? Verloren in diesem Gedanken bemerkte ich gar nicht wie schnell die Zeit vergangen war, denn plötzlich stand Marc in der Tür vom Büro und schaute mich verlegen an. Ob er auch so aufgeregt war wie ich? Er hatte sich auf jeden Fall eines seiner guten Hemden angezogen und sah wie üblich ziemlich umwerfend aus. Die Aufregung war nun mehr als deutlich zu spüren. Ich begrüßte Marc verlegen und packte eilig meine Sachen zusammen. Als wir gemeinsam die Redaktion verließen, zwinkerte mir Luise noch einmal neckisch zu, was mich schlagartig rot anlaufen ließ. Das Restaurant, welches er ausgesucht hatte, lag etwas außerhalb der Stadt, weshalb wir uns ein Taxi nahmen. Während wir darauf warteten, redeten wir über die Arbeit und unsere aktuellen Berichte. Die Fahrt verlief, abgesehen vom kurzen Small Talk sehr still, fast schon unangenehm, weshalb sie gefühlt eine halbe Ewigkeit dauerte. Plötzlich packte mich wieder die Nervosität. Vielleicht hätte ich mich nicht verabreden sollen. Was würde Reinhard sagen, wenn er mich jetzt sehen könne? Gedankenverloren schaute ich zu Marc rüber und bemerkte, dass er mich beobachtete.

»Was ist los?«, fragte ich verlegen und lächelte ihn an.

»Ich hab nur gerade gedacht, wie schön du aussiehst.«

Meine Wangen glühten, mein Herz raste. Ich wusste nicht, was ich darauf antworten soll, also fing ich einfach an zu lachen und strich mir durch die Haare. Das tat ich instinktiv, völlig selbstständig, wahrscheinlich um mich von seinem durchdringenden Blick abzulenken. Wir erreichten das Restaurant nach 20 Minuten. In diesem Stadtteil hatte ich mich vorher nie aufgehalten. Marc hatte es sich ausgesucht, weshalb ich keine Ahnung hatte, was mich erwarten würde. Als das Taxi zum Stehen kam, reichte Marc einen Schein nach vorne und dankte dem Fahrer.

»Stimmt so!«

Er stieg aus und ging zügig um das Auto auf die andere Seite, um mir die Tür zu öffnen. Mein Herz schlug direkt höher, als er mir seine Hand reichte.

»Die Dame.«

Er zwinkerte mir zu und zog mich mit einem kleinen Ruck zu sich. Ich deutete einen Knicks an und hakte mich in seinen Arm ein. Man begegnete heutzutage nicht mehr vielen Männern der alten Schule. Es war erfrischend und vertraut. Ab diesem Moment war das Eis gebrochen und der Abend wurde zunehmend besser. Das Restaurant sah von außen unscheinbar aus. Ein kleines Lokal an einer dunklen Ecke, wenige Laternen beleuchteten den Eingang und ein kleines Logo zierte die Tür. „Zur alten Bergbahn". Als wir jedoch eintraten, sah man schnell, dass es sich um ein sehr gutes Lokal handeln musste. Von der Decke hingen große Kerzenleuchter, welche den Raum in ein warmes Licht tauchten. Die Tische waren gedeckt mit weißen Tischdecken und verschiedenen Tellern und Weingläsern. Hätte ich vorher wohl den Knigge studieren sollen? Marc nahm mir am Eingang meine Jacke ab und gab sie einer jungen Dame, welche uns anschließend zu unserem Tisch brachte. „Reserviert" stand auf einem kleinen Schild in der Mitte, daneben eine einzelne cremefarbene Rose und eine Kerze, welche die junge Dame für uns anzündete.

»Wir bieten das Drei- oder Fünfgänge-Menü an, dazu passende Weinbegleitung. Sind sie vegetarisch oder haben besondere Unverträglichkeiten?«
Wir verneinten beide, dann bestellte Marc für uns die drei Gänge und eine große Flasche Wasser. Ich war dankbar, dass ich nicht lange durch eine Karte blättern müsse. So konnten wir direkt anfangen uns zu unterhalten. Und das taten wir auch. Der Abend verlief besser, als ich es mir vorstellen konnte. Zuerst redeten wir noch viel über die Arbeit, über dir Kollegen und wie wir beide bei einem Lifestyle-Magazin gelandet waren, obwohl wir unsere Interessen wo-

anders lagen. Für Marc, welcher vor drei Jahren seinen Bachelor an einer Hamburger Hochschule absolviert hatte, sollte die Redaktion als Sprungbrett für seine journalistische Karriere dienen. Ich erzählte ihm natürlich nicht, dass ich bereits jahrhundertelange Erfahrung im Schreiben hatte, sondern dachte mir eine passende Geschichte aus, ohne dabei über meinen Werdegang in Hamburg zu lügen. Es war zwar nicht alles echt, aber ich wollte ihm so viel wie möglich von mir preisgeben. Je später der Abend wurde, desto mehr unterhielten wir uns über unser Privatleben, über Interessen und Leidenschaften. Wir lasen beide sehr viel und tauschten uns über Lieblingsbücher aus und darüber, welche Bücher uns besonders geprägt hatten. Ich ging dabei wenig auf meine Kindheit und Vergangenheit einzugehen, was zwischenzeitlich gar nicht einfach war. Ab und zu musste eine kleine Notlüge herhalten. Ich erzählte ihm etwas von einer schulischen Ausbildung in Süddeutschland in einer Schule, dessen Namen ich mir soeben ausgedacht hatte und dass ich nach der Ausbildung direkt nach Hamburg gezogen bin, um meinen Es war überraschend einfach und ungezwungen mit ihm zu reden und die Zeit verging wie im Flug. Nach einigen Stunden und Gläsern Wein, die mir mittlerweile zu Kopf stiegen, bemerkten wir, dass wir die letzten im Restaurant waren. Es war sehr spät geworden und wir beschlossen, zu zahlen. Über diesen Moment wird oft in Büchern und Filmen berichtet, und Luise hatte mich vor dem Date versucht aufzuklären, wie ich mich zu verhalten hatte. ‚Tu einfach so, als würdest du nicht erwarten, dass er zahlt, obwohl du es insgeheim natürlich erwartest.' So hatte sie es formuliert. Ich fragte mich, warum es in einem so emanzipierten Zeitalter immer noch solche veralteten Verhaltensmuster gab. Die heutige Frau war erwerbstätig und schon lange in der Lage für sich selbst zu sorgen. Trotzdem hielten wir an manchen Traditionen fest, hielten das Nichtbefolgen sogar für unhöflich. Es erschloss sich mir nicht, aber ich ließ es einfach auf mich zukommen, ohne weiter darüber nachzudenken. Wie von Luise prophezeit zögerte Marc nicht für die Rechnung aufzukommen und ich bedankte mich. Ich wusste, dass Marc das nur aus Anstand tat, doch es fühlte sich an, als würde ich nun in seiner Schuld stehen, als wäre ich ihm unterlegen. Schnell verwarf ich den Gedanken, um nicht in eine schlechte Stimmung zu verfallen. Wir riefen uns ein Taxi und während wir draußen darauf warteten, sagte Marc, wie gut ihm der heutige Abend gefallen hätte. Er kam mir dabei so nah, dass ich hochgucken musste, um ihm in die Augen zu sehen. Ich erwiderte, dass mir der Abend genauso gut gefallen hatte und dass wir das wiederholen sollten. Er fragte, ob er mich anrufen könne, ein indirekter Appell, ihm meine Handynummer zu geben, dem ich natürlich nachkam. Auf einem kleinen Notizblock, den ich für Notfälle in meiner Tasche hatte, schrieb ich meine Nummer auf und gab Sie ihm. Ich war überaus glücklich, wie gut der Abend verlaufen war. Als das Taxi kam, stiegen wir ein und ich nannte meine Adresse. Ich war mir nicht sicher, ob es an der Anwesenheit des Taxifahrers oder der offenen Frage, ob ich Marc noch zu mir hereinbitten würde, lag, aber die Rückfahrt war, wie die Hinfahrt, unangenehm still. Ich hatte aber für mich schon eine Antwort auf die Frage gefunden, denn ich wollte es mit Marc langsam angehen lassen. Als wir also vor dem mehrstöckigen Haus anhielten, in dem sich meine Wohnung befand, bedankte ich mich noch einmal für den schönen Abend und wünschte Marc eine gute Nacht. Mit einem Kuss auf die Wange verabschiedete ich mich. Insgeheim konnte ich es aber kaum erwarten ihn morgen wiederzusehen.

GÖTTINGEN, 25.8.1860

1847 waren wir nach Göttingen gekommen. Wir bewohnten eine Wohnung in einer Mietskaserne unweit von Reinhards Arbeitsstelle. Neben einer Stube mit wenigen Regalen für Bücher, Kleidung und einem Tisch gab es noch eine kleine Küchendiele und eine kleine Nische für unsere Betten. Außerdem hatten wir zwei Schlafgänger zur Untermiete, welche unsere Betten nutzen, während wir arbeiteten. Die Industrialisierung brachte viele Facetten mit sich. Da immer mehr Menschen in die Städte zogen um zu arbeiten, gab es nicht genügend Wohnraum. Es mussten viele zusammen auf engstem Raum leben, wer sich eine Wohnung alleine leisten konnte, blieb die Ausnahme. Mein Bruder machte sich die Industrialisierung zunutze und stieg in das Metallbaugewerbe ein, mit späterem Schwerpunkt auf dem Ausbau von Eisenbahnen und Eisenbahnstrecken. Ich war in einer großen Weberei als Tagelöhnerin tätig, in der mehrere Arbeiterinnen an mechanischen Webstühlen arbeiteten. Als Tagelöhnerin verdiente ich kaum genug, um mir ein Leben zu finanzieren, weshalb ich froh war, dass ich meinen Bruder bei mir hatte. Dennoch war ich glücklich eine Anstellung gefunden zu haben. Ich machte schnell Bekanntschaften und es war schön, mich mit anderen Frauen auszutauschen. Mein Webstuhl lag hinter dem von Katharina, einer jungen Frau mit aschblondem Haar und kräftiger Statur, die deutlich größer war als ich. Ihr Mann war ein liberaler Journalist, der damit aber nicht genügend verdiente, um sich eine Wohnung zu nehmen und Katharina deshalb in der Weberei angefangen hatte. Ihre zwei Kinder waren noch zu jung um zu arbeiten, doch schon alt genug, um sich zu Hause um den Haushalt zu kümmern. Sie verstand durch ihren Mann viel von Politik und vertrat hatte zu vielem eine starke Meinung, welche sie nicht scheute kundzutun. Ich redete das erste Mal im August 1847 mit Ihr, als wir bereits 2 Monate hintereinander gearbeitet hatten. An diesem Morgen kam ich 15 Minuten zu spät, da ich noch die Hose meines Bruders flicken musste.

»Lass das bloß nicht den alten Bruns hören! Der schmeißt dich im hohen Bogen raus.«
Ernst Wilhelm Bruns war der Besitzer unserer Weberei und ein strenger noch zugleich. Ihre Worte gingen mir durch Mark und Bein.

»Du verrätst mich doch nicht, oder?«
Sie lachte laut und ich war sichtlich verwirrt.

»Hör mal ich bin die Letzte, die dem alten auch noch in den Hintern kriechen würde, keine Sorge.«
Erleichtert legte ich meine Jacke ab und stellte mich bei ihr vor. Wir unterhielten uns an diesem Tag darüber, was uns zur Weberei gebracht hatte. Ähnlich wie bei mir, hatte Katharinas Mutter ihr damals das Nähen beigebracht, jedoch arbeitete sie nicht aus purer Begeisterung in der Weberei, wie ich es tat, sondern weil sie das Geld brauchte.

»Sobald mein Jonathan sich als Journalist einen Namen gemacht hat, bin ich hier raus. Schlimm genug, dass ich täglich 10 Stunden für einen Hungerlohn für diesen aufgeblasenen Schuft arbeiten muss.«
So hatte ich das noch nie betrachtet. Ich erklärte ihr, dass ich glücklich war arbeiten zu können und etwas hätte, was ich ganz für mich allein tat. Katharina hatte etwas Dominantes und Stolzes in ihrer Art, was mich aber nicht abschreckte. Ich bewunderte es in gewisser Weise, wie sie keine Angst hatte etwas Falsches zu sagen oder damit aufzufallen. Wir unterhielten uns fortan ständig, wenn Herr Bruns gerade nicht zuschaute. Sie meinte, ich würde ihr den Alltag um einiges erträglicher machen und das beruhte auf Gegenseitigkeit. Ich hatte nie jemanden zum Reden gehabt außer meinen Bruder. Aber mit Katharina zu reden fühlte sich anders an, ungezwungener. Wir unterhielten uns später auch über Politik. Sie erzählte mir, dass sie unter dem Pseudo-

nym ihres Mannes schon einmal einen eigenen Artikel veröffentlicht hatte. Das beeindruckte mich sehr. Ich hatte mich zwar immer für politische Geschehnisse interessiert und viel gelesen, jedoch hatte ich mir nie eine konkrete Meinung darüber gebildet. Als Frau war das eben unüblich und nicht gern gesehen. Katharina hingegen wusste genau wofür sie stand.

»Wir brauchen keine unzähligen Kleinstaaten, da behält doch keiner mehr den Überblick, von der Geldpolitik wollen wir gar nicht erst anfangen. Wir brauchen einen Nationalstaat, in dem das Volk entscheidet, wie es weiter geht! Wir brauchen endlich Freiheit für die Frauen dieses Landes! Bildungs- und Meinungsfreiheit!«

Katharina redete sich so in Rage, dass ich sie stoppen musste, als Herr Brand an unserem Gang entlang ging. Über die Forderung nach einem großen Staat hatte ich schon gelesen, jedoch hatte Reinhard gesagt, ich solle mir meinen Kopf nicht darüber zerbrechen. So wie es war sei es gut, und die Vorstellung, dass nur ein Mensch allein über so einen großen Staat herrschte, war für Reinhard unverhältnismäßig. Das hatte ich damals gut verstanden. Aber Katharina redete nicht von einem Herrscher, sondern von dem gesamten Volk. Ich fragte sie was genau sie damit und mit der Aussage über Frauen meinte.

»Es wird Zeit, dass sich das Bürgertum aus den Klauen seiner Herrscher entreißt und über sein eigenes Schicksal entscheidet. Und da gehören auch Frauen zu! Es gibt so viele kluge Frauen, Autorinnen, Entdeckerinnen, Wissenschaftlerinnen, wenn wir allen Frauen die Möglichkeit geben würden sich zu bilden und zu entfalten, dann hätten die Männer keine Macht mehr über uns, dann wären wir gleichwertig.«

Ihre Worte ängstigten und beeindruckten mich zugleich. Was sie sagte, erschien mir wie ein leeres Wunschdenken, eine Utopie, die ich mir nicht vorstellen konnte. Dennoch verfolgte mich dieser Gedanke noch Tagelang. Ich begann nach der Arbeit in die Bibliothek zu gehen und zu recherchieren. Ich las viele Berichte, von liberalen Schriftstellern mit revolutionären Gedanken, von Frauen wie Emelie von Berlepsch, welche schon vor vielen Jahren gesellschaftskritische Literatur veröffentlichte, und über Frauen, wie Caroline Herschel welche als Astrologin bereits eigene Entdeckungen gemacht hatte. Es fühlte sich verboten und atemberaubend an über all diese Menschen und Gedanken zu lesen. Es steckte mich an, mit einer Energie und einem Willen nach eigener Freiheit. Ich wollte auch wie die Menschen sein, über die ich las, auch Teil ihrer Bewegung. Mein Bruder fragte oft, warum ich erst so spät nach Hause kommen würde und es dauerte nicht lange, bis er herausfand, wo ich mich aufhielt. Ich hatte ihm bereits über Katharina erzählt und er war der Meinung, sie war kein guter Einfluss für mich. Ich solle lieber bei der Weberei aufhören und mich auf den Haushalt konzentrieren, den ich zugegebenermaßen in den letzten Wochen vernachlässigt hatte. Ich hatte neben der Weberei und meinen Recherchen kaum noch Zeit gefunden für die Wäsche, den Einkauf oder das Kochen. Trotzdem machten die Worte meines Bruders mich wütend. Zum ersten Mal in meinem Leben leistete ich Widerworte gegen meinen Bruder und wir stritten uns. Ich sagte ihm, dass ich mich mit seiner konservativen Einstellung nicht identifizieren konnte. Es war, als hätte jemand einen Schalter umgelegt. Die Worte sprudelten nur so aus mir heraus und achten der Wut und Verzweiflung der letzten Jahre Raum. Noch bevor ich meinen letzten Satz beenden konnte, wurde ich durch einen plötzlichen Ruck unterbrochen. Ich konnte erst nicht begreifen, was passiert war, so schnell ging es. Es war Reinhard, er hatte mich geohrfeigt. Es war das erste Mal, dass er so die Hand gegen mich erhob. Er starrte mich hilflos und entsetzt an und verließ wütend die Wohnung. Und auch ich kochte vor Wut. Wie konnte er so mit mir umgehen, nach allem, was wir zusammen durchgemacht hatten? Als meine Aufregung abgeklungen war, fühlte ich mich auf einmal schrecklich schuldig. Hatte mich Katharina vielleicht doch zu sehr beeinflusst? Ich kannte sie ja kaum. Mein Bruder war die einzige Person, die mir immer zu Seite stand, der Einzige, der mein wahres Gesicht kannte und nun fiel ich ihm so in den Rücken. Auch wenn ich nicht seiner Meinung war, war er mein Vormund und die einzige Familie die ich noch hatte. Als er wieder zurückkam, entschuldigte ich mich bei ihm und befolgte schließlich seinen Rat, mich fortan auf den Haushalt zu konzentrieren und die Arbeit in der Weberei aufzugeben. Er nahm mich tröstend in den Arm und versicherte mir, dass alles in Ordnung sei. Auf der einen Seite war ich glücklich, mich wieder meinem Bruder und unseren Traditionen zuzuwenden, auf der anderen Seite dachte ich noch oft an Katharina zurück und hoffte, dass sie und ihr Mann es schaffen würden ein Zeichen in der Gesellschaft zu setzen.

Als ich 1848 von den revolutionsartigen Aufständen in Deutschland hörte war ich zu gleichen Teilen verängstigt als auch euphorisch, fast schon stolz auf die Menschen, die sich trauten, für ihren Willen zu kämpfen und umso enttäuschter, als die Revolution 1849 scheiterte und die Forderung nach einem Nationalstaat abgelehnt wurde. Meinen Bruder bestätigte das noch mehr in seinen Ansichten.

Eines Nachmittags kam er panisch und völlig außer Atem nach Hause. Er erzählte, dass ihn vor einigen Wochen jemand dabei gesehen hatte, wie er sich beim Arbeiten den Arm aufschlitze. Als dieser ihm zur Hilfe eilen wollte, war die Wunde bereits verschlossen. Dieser konnte seinen Augen nicht trauen und meinte, Reinhard hätte mindestens einen Kratzer haben müssen. Reinhard versicherte ihm dann, er sich getäuscht haben musste, aber da war es schon zu spät. In der Fabrik verbreiteten sich solche Geschichten schnell und Reinhard wurde fortan von seinen Mitarbeitern Eisenmann genannt. Es schien, als würden alle diese Geschichte nur scherzhaft verstehen, doch nach dem heutigen Arbeitstag fiel Reinhard auf, dass er beim Verlassen der Fabrik von einem unscheinbaren Mitarbeiter und zwei weiteren Männern, welche er noch nie gesehen hatte, verfolgt wurde. Anstatt also direkt nach Hause zu gehen, rannte er zum Marktplatz, wo heute eine größere Auktion stattfand. Er schaffte es sie in der Menge abzuhängen. Nun durften wir aber keine Zeit mehr verlieren. Wir mussten so schnell wie möglich die Stadt verlassen, auch wenn es vielleicht nur ein Missverständnis war. Dieses Risiko konnten wir nicht eingehen. Wenn wir eins von unseren Eltern gelernt hatten, dann dass man nicht vorsichtig genug sein konnte. Am nächsten Morgen brachen wir sofort auf. Es gab keine Zeit mehr, sich um neue Pässe zu kümmern, also reisten wir unter den alten Namen weiter in Richtung Hannover.

Gestern hatte ich kaum schlafen können, was man mir heute Morgen deutlich ansehen konnte. Mich hatten die Gedanken an das Date und an Marc wachgehalten. Ich war immer noch elektrisiert davon und konnte es kaum erwarten, Marc wiederzusehen. Als ich an meinem Platz ankam, wartete, wie befürchtet, bereits Luise auf mich, um jedes kleinste Detail über den gestrigen Abend aus mir herauszuquetschen.

»Ich will *alles* wissen!«

Sie übersprang das ‚Guten Morgen' und kam direkt zur Sache. Den Kopf hatte sie auf die Hände gestützt und löcherte mich mit ihren großen Augen. Bei dem Anblick musste ich anfangen zu lachen.

»Es war gut«, entgegnete ich ihr, in der Hoffnung, sie würde dann Ruhe geben. Aber das reichte ihr noch lange nicht.

»Gut?! Ich habe gesagt alles. Wie war das Restaurant? Teuer? War er ein Gentleman? Worüber habt ihr geredet? Habt ihr euch geküsst? Oder sogar *mehr*?«

Beim letzten Satz hob sie neckisch die Augenbrauen.

»Also ...« Begann ich und rekonstruierte mit meinen Worten den Abend so lebhaft wie möglich. Als ich erzählte, wie der Abend ausgegangen war, täuschte Luise vor, auf meinem Schreibtisch einzuschlafen. Ich schubste sie leicht gegen die Schulter und sie guckte mich erschrocken an.

»Kein Abschiedskuss? Keine Umarmung? Du hast nicht mal gefragt, ob er auf ein Getränk mit hochkommen möchte?«

Sie guckte mich an, als würde sie mit einem Kleinkind sprechen. Es war zugleich Enttäuschung und Mitleid in ihrem Blick. Aber Mitleid hatte ich nicht nötig. Ich hatte mich sehr bewusst dagegen entschieden, Marc in meine Wohnung einzuladen. Es hätte den Abend bedeutungslos wirken lassen, wenn wir direkt intim geworden wären. Luise verstand das nicht, sie war in dieser Hinsicht einfach anders gestrickt als ich. Sie hatte zwar häufige Flirts aber ich war mir nicht sicher, ob Sie je eine ernsthafte Beziehung geführt hatte. Wir beendeten unser Gespräch gezwungenermaßen, als Frau Giese das Büro betrat und uns fragte, wie weit wir mit den Berichten wären. Ich legte ihr den vorläufigen Entwurf meines Artikels auf den Tisch. Als ich zurück zu meinem

Schreibtisch ging, fiel mir auf, dass Marc noch immer nicht da war. Ich machte mir Sorgen, ob gestern auf dem Heimweg etwas passiert sei. Luise beruhigte mich und behauptete, dass er vielleicht nur krank geworden war, oder einen wichtigen Termin habe. Trotzdem machte sich bei mir ein ungutes Gefühl breit, welches den ganzen Tag anhielt. Frau Giese war mit meinem Bericht einverstanden und ich überarbeitete noch die Formatierungen, überprüfte Rechtschreibung und Grammatik und besserte noch die letzten Formulierungen aus. Als ich mit dem Endprodukt einverstanden war, war es bereits spät geworden. Ich schickte den Artikel den Kollegen aus der Druckabteilung und machte den Computer aus. Erst jetzt bemerkte ich, dass ich mal wieder eine der letzten im Büro war. Auf dem Weg nach Hause kaufte ich noch schnell ein paar Lebensmittel ein und fuhr mit der U1 Richtung Großhansdorf. An der Haltestelle Wandsbek Markt stieg ich aus. Nun waren es noch ungefähr 700 Meter bis zu meiner Haustür. Ich bewunderte oft das breite Netz an Möglichkeiten, die man hatte, um von A nach B zu kommen. Heutzutage gab es für alles eine Bahn- oder Busverbindung, sodass man alles in minutenschnelle erreichen konnte. Aber diese vielen Möglichkeiten hatten auch ihre Kehrseiten. Nur noch wenige gingen mehr zu Fuß oder fuhren mit dem Rad, Spaziergänger sah man selten, und jeder schien es ständig eilig zu haben. Die Technik hatte den Menschen einiges genommen, wovon sie nicht einmal wussten, dass sie es besaßen. Es war zwar so, dass die Menschheit heutzutage in manchen Dingen sehr viel aufgeklärter war, was die Politik oder die Kirche anging, auf der anderen Seite war Sie in vielen Dingen auch manipulierbar und verblendet. Die Abhängigkeit der Menschen von der Technik machte uns verwundbar und die, die über die Technik herrschten, verlieh Sie unendliche Macht. Wenn ich bedachte, was ich schon in meinem Leben erlebt hatte, waren die letzten fünfzig Jahre von allen sicher die ereignisreichsten.

Versunken in diesem Gedanken bemerkte ich kaum, wie schnell ich Zuhause angekommen war. Ich kramte mit der einen Hand den Schlüssel aus meiner Tasche und versuchte mit der anderen Hand die Einkäufe nicht fallen zu lassen, während ich die Tür aufschloss. Ich legte die Tasche und Jacke ab und wollte meine Einkäufe auspacken, als ich vor Entsetzen einen großen Schritt zurück machte. Jemand war in meine Wohnung eingebrochen, und hatte alle meine Schränke und Schubladen durchwühlt. Meine Sachen lagen kreuz und quer auf dem Boden verteilt und das große Fenster über dem Sofa stand sperrangelweit offen. Nach Luft ringend rannte ich rüber zur Schublade meines großen Kleiderschrankes, welche auch bis auf die letzte Socke leer war. Zu meiner Erleichterung hatte der Einbrecher den doppelten Boden nicht gefunden, den die Schublade verbarg. Ein kleines Loch in der unteren Schublade war gerade breit genug, dass ich den ersten Boden mit einem Finger raus heben konnte. Darunter befanden sich alle Dinge, die ich aus den

Jahrhunderten aufgehoben hatte. Manche dieser Dinge waren kaum noch erkennbar oder hatten sich schon vollkommen aufgelöst, wie das erste Zugticket, was ich jemals gekauft hatte oder das einzige Bild, welches ich von meinem Bruder noch hatte. Außerdem hatten mein Bruder und ich abgemacht, uns immer einen kleinen, anonymen Brief zu schreiben, wenn wir wieder umzogen. Auch diese bewahrte ich in der Schublade auf. Es war alles noch vollständig an seinem Platz, also verschloss ich die Schublade schnell wieder. Ich konnte nicht ausmachen, was der Einbrecher gestohlen hatte und suchte in dem ganzen Getümmel mein Telefon. Ich versuchte so wenig wie möglich anzufassen oder zu verrücken, um keine Beweise zu zerstören. Als ich das Telefon unter ein paar T-Shirts gefunden hatte, rief ich die Polizei an und schilderte ihnen so ruhig wie möglich die Situation. Nach ungefähr zehn Minuten war ein Streifenwagen mit zwei Polizisten vor Ort und befragte mich zu jedem noch so kleinen Detail meiner Aussage. Dabei kam ich mir komischerweise sehr kriminell vor, obwohl ich wusste, dass ich nichts getan hatte. Die Polizistin, die mich befragte, versicherte mir, dass die Aussage zu meiner eigenen Sicherheit so genau aufgenommen werden würde, damit man später alles nachvollziehen konne. Ihr Kollege untersuchte indessen die Fenster auf Auffälligkeiten und Fingerabdrücke. Dann machte er an den Schranktüren und Schubladen weiter und schoss noch einige Fotos. Nach 2 Stunden verließen die Polizisten endlich meine Wohnung, mit der Aussage, sie würden sich in den nächsten Tagen melden, ob es Neuigkeiten gäbe. Es dauerte weitere 2 Stunden, bis ich die Wohnung wieder aufgeräumt hatte. Noch immer war mir nicht klar, was der Einbrecher gestohlen hatte. Vielleicht wurde er gestört, bevor er etwas stehlen konnte, oder er hatte einfach nicht gefunden, wonach er gesucht hatte. An Schlaf war nun kaum zu denken, also machte ich mir einen Tee und versuchte ein bisschen runterzukommen. Der Einbruch rief in mir eine leichte Paranoia hervor, sodass ich mein Sofa an die andere Wand schob und in Richtung Fenster drehte, damit ich es beobachten konnte. Ich schlief dann nach etwa drei Stunden vor dem Fernseher ein, nur um weitere drei Stunden später wieder von meinem Wecker geweckt zu werden.

Seit unserer Flucht vor 15 Jahren lebten wir in Hannover und es hatte sich seitdem einiges verändert. Wir lebten anfangs in einer kleinen Wohnung nahe der Stadtgrenze zusammen mit einer Familie, welche sich die Miete allein nicht leisten konnte. Mein Bruder fand eine Anstellung in einer Maschinenfabrik, in der er sich mit dem Bau und Ausbau von Dampflokomotiven und Eisenbahnstrecken befasste. Er schaffte es, sich dort durch seine Erfahrung schnell einen guten Namen zu machen und wir konnten uns eine größere Wohnung, nahe der Fabrik in Oberricklingen leisten. Ich blieb die ersten Jahre Zuhause, kümmerte mich um den Haushalt und half der jungen Frau auf die Kinder aufzupassen. Oft ging ich in die Stadt, um mir Zeitungen zu kaufen oder besuchte die Bibliothek. Auch wenn für mich ein Tag mit einem Jahrzehnt gleichzusetzen war, interessierten mich die aktuellen Geschehnisse sehr. Dinge änderten sich teilweise so schlagartig und mich damit zu befassen half mir, bei Verstand zu bleiben. Wenn man so lange lebt, verliert man schnell den Bezug zur Realität, aber das wollte ich nicht für mich. Ich beschäftigte mich viel mit Bismarcks Vorgehensweise, welche ich anfangs noch unterstütze, da er sich für die Einigung Deutschlands zum Nationalstaat einsetzte. Mein Bruder sah sich politisch auf der Seite der Welfen und sprach sich auch während des Krieges gegen den Nationalstaat aus. Diese Meinungsverschiedenheit sorgte nicht nur für Unstimmigkeiten zwischen meinem Bruder und mir, sondern teilte das ganze Volk in die Konservativen und die Liberalen und es kam immer wieder zu Unruhen und Auseinandersetzungen. Ich hatte mich damals zwar nicht gegen meinen Bruder gestellt, doch unser Verhältnis war seit unserem Streit nicht mehr dasselbe. Es machte mich traurig und ich verstand nicht, wie er so anders denken konnte. 1866 schloss sich Hannover dann dem neuen Norddeutschen Bund an. Durch die Vereinigung fand ich neuen Mut und fing in diesem Jahr an, in einer Wollwäscherei und Spinnerei zu arbeiten. Was als kleine Industrie begann wuchs mit den Jahrzehnten zu einem immer größer werdenden Unternehmen heran. Ich arbeitete mit vielen Frauen zusammen, wie damals in Göttingen. Es fühlte sich gut an, wieder etwas für die Allgemeinheit zu tun, auch wenn ich nur ein wenig Stoff unter hunderten von Arbeitern produzierte. Meinem Bruder war es auch recht, dass ich nun arbeiten ging, da ich so auch etwas Geld mit nachhause brachte. Wir redeten in dieser Zeit nicht viel miteinander und ich hatte das Gefühl mich ein wenig von ihm zu entfremden. Unser Leben bestand aus der Arbeit, dem Haushalt und den Gottesdiensten am Sonntag. Meine restliche Zeit verbrachte ich in der Bücherei. Reinhard hatte in der Fabrik ein paar Männer kennengelernt, mit denen er sich regelmäßig zum Kartenspiel traf. Auf diese Weise zogen die Jahre einfach an mir vorbei. Erst mit dem Sieg gegen Frankreich und der Gründung des Deutschen Reiches änderte sich die Stimmung. Es machte sich nicht nur ein Gefühl der Gemeinschaft und des Nationalismus breit, es wurden auch Hoffnungen und Forderungen deutlich. Der Adel hatte immer noch die Macht und die Frauen waren in der Gesellschaft noch immer untergeordnet. Aber es war ein erster Schritt von vielen, die hoffentlich bald folgen würden. Die Stimmung zwischen mir und meinem Bruder war in dieser Zeit sehr angespannt, da er meinen Wunsch nach Freiheit und Unabhängigkeit nicht nachvollziehen konnte. Wir beschlossen das Thema nichtmehr zu adressieren, um keine weiteren Differenzen zu schaffen. Ich liebte meinen Bruder und wollte auf keinen Fall riskieren, dass sich etwas zwischen uns stellte. Vor allem wusste ich nicht, was ich ohne ihn tun würde. Ich wäre wahrscheinlich bereits tot oder säße gefangen in einer Zelle, wo man meinen Körper als Testobjekt nutzen würde. Doch das alles sollte sich an jenem Nachmittag ändern.

Wir machten am Sonntag nach dem Gottesdienst einen kleinen Spaziergang durch den Park, welcher nicht weit von unserer Wohnung entfernt war. Es war ein angenehm warmer Augusttag und ich trug ein blaues Kleid mit lockerem Rock, hohem Kragen und weißer Spitze. Ich hatte es aus den Stoffen, die mir mein Bruder bei besonderem Anlass schenkte, selbst geschneidert. Es war noch warm genug, um ohne ein Jäckchen nach draußen zu gehen, doch man merkte, dass der Sommer sich dem Ende zuneigte. Im Park und genossen wir die wohl letzten schönen Sonnenstrahlen während wir wortlos nebeneinander herliefen. Nachdem wir schon eine Zeit lang gegangen waren, bemerkte ich, dass ein Mann uns schon seit einer Weile lang verfolgte. Ich erkannte ihn, denn er war mir schon beim heutigen Gottesdienst als neues Gesicht aufgefallen. Dort hatte er mir etwas zu lange in die Augen gesehen, was mir Unbehagen bereitete. Ich tat es in dem Moment ab und dachte mir wenig dabei. Nun machte sich aber ein ungutes Gefühl in meiner Magengrube breit. Ich gab Reinhard einen Stoß in die Rippen und machte ihn unverkennbar auf unseren Verfolger aufmerksam. Er drehte sich unauffällig um und ich bemerkte, dass seine Mimik sich schlagartig änderte. Die Farbe wich ihm regelrecht aus dem Gesicht. Reinhard zögerte nicht lang, packte mich am Arm und rannte los. Es blieb in der Hektik keine Zeit Fragen zu stellen, also versuchte ich einfach mit meinem Bruder mitzuhalten und nicht über meinen Rock zu stolpern. Unser ungebetener Gast verfolgte uns unerfreulicherweise weiter und bestätigte meine Vermutung, dass es sich nicht um einen dummen Zufall handele. Mein Bruder stürmte in Richtung Innenstadt, das Adrenalin ließ meine Beine wie von selbst laufen. Wir liefen von Gasse zu Gasse und versuchten den Mann in einer der Straßen abzuhängen. Als er an einer Stelle weit genug hinter uns zu sein schien, bogen wir in den ersten Laden ein, den wir ausmachen konnten. Aufgeregt und völlig außer Atem betraten wir, was sich als Coiffeur herausstellte und versteckten uns hinter einer Wand, um aus dem Fenster nicht gesehen zu werden. Der Verfolger rannte am Laden vorbei und war verschwunden.

»Meine lieben! Ihr seht aber zerzaust aus! Was kann ich denn für euch tun?«

Wir registrierten vor Schock kaum, dass der Herr mit uns sprach, bis wir uns umdrehten und seinen fragenden Blick bemerkten. Ich überlegte noch, was für eine Ausrede wir ihm auftischen konnten, da unterbrachen die Worte meines Bruders schon meine Gedanken.

»Wir brauchen einen neuen Haarschnitt.«

Platzte es aus ihm heraus. Ich starrte ihn fragend an, und er verstand ohne Worte, welche Frage mir im Kopf schwirrte: 'Wer war das?' Leise flüsterte er mir zu, dass es sich bei dem Mann um einen der drei Männer handelte, vor denen Reinhard damals in Göttingen flüchtete. Er hatte anscheinend all die Jahre damit verbracht, uns aufzuspüren. Was wäre also besser geeignet, unterzutauchen, als einen neuen Haarschnitt? Wir zögerten nicht lang und ließen den Herren seine Arbeit tun. Nach einer kurzen Beratung verwandelte er meine langen, blonden Haare, in einen dunklen, leicht rötlichen Kurzhaarschnitt, welchen er hoch toupierte, sodass sie aussahen wie ein Vogelnest. Die Haarfarbe roch stark chemisch und brannte auf meiner Kopfhaut. Mein Bruder ließ seine langen, welligen Haare und seinen Bart bis auf wenige Millimeter abschneiden. Die wenigen längeren Haare oben wurden mit Pomade hinten gehalten. Die neue Frisur ließ ihn im Gegensatz zu mir ausgesprochen jung aussehen. Durch die neue Frisur wirkte ich etwas älter und mein Gesicht hatte plötzlich etwas Strenges, was mir nicht besonders gefiel aber für das Untertauchen unabdingbar war. Wir bedankten uns herzlich bei dem Mann, bezahlten ihn und begaben uns zur Tür. Ich hatte große Angst wieder raus zu gehen, doch Reinhard nahm schnell Notiz davon und griff nach meiner Hand während er mir zuflüsterte, dass wir schnell nach Hause gehen müssten. Wir gingen im Laufschritt zu unserer Wohnung und, zu meinem Erstaunen, wurden wir von niemandem verfolgt oder auffällig angeguckt. Als wir zuhause ankamen fing mein Bruder aufgebracht an seine Sachen zu packen.

»Würdest du mal einen Moment innehalten und mir deinen Plan verraten?«

»Einfach weg! Dir ist doch hoffentlich klar, dass wir hier unmöglich bleiben können?«

»Klar! Aber wohin? Wir haben doch noch Garnichts geplant? Nach eben bin ich mir nichtmehr sicher, ob wir überhaupt noch irgendwo bleiben können.«

»Mir schwebt schon seit einiger Zeit ein Gedanke im Kopf, aber er wird dir nicht gefallen.«
Er hatte einen traurigen, fast ängstlichen Gesichtsausdruck. Ich hatte ein ungutes Gefühl bei dem, was auf uns zukommen würde.

»Sag es mir!« platzte es verzweifelt aus mir heraus. Er tat einen tiefen Atemzug, als würde das, was er mir erzählen wollte ihm die Luft abschnüren.

»Wir werden uns trennen müssen. Es ist die einzig sichere Lösung, wenn wir unentdeckt bleiben wollen. Wir dürfen keinen Kontakt halten. Sie wissen, dass wir zusammen sind und werden auch weiterhin nach uns suchen also müssen wir von nun an getrennte Wege gehen.«

Mich überkam ein Gefühl tiefer Verzweiflung. Ich war noch nie ohne ihn gewesen und ich wusste nicht, ob ich überhaupt ohne ihn leben konnte. Ich war nicht nur in materieller Hinsicht von ihm abhängig. Als Frau auf sich allein gestellt zu sein war hart und gefährlich. Doch mein Bruder hatte recht. Sie würden nicht damit rechnen, dass wir uns trennen und es würde sie vorerst von unserer Fährte weglocken. Auch wenn das bedeutete, dass ich meinen Bruder eine lange Zeit nicht mehr wiedersehen würde, vielleicht sogar für immer- Der Gedanke schnürte mir die Kehle zu. Ich spürte die Tränen in meine Augen schießen. Nach einigen Sekunden brach ich mit zitternder Stimme mein Schweigen.

»Ja. Du hast Recht.«

Kurz darauf konnte ich die Tränen nicht mehr zurückhalten und fiel Reinhard schluchzend in die Arme. Er drückte mich fest an sich und sprach ein paar tröstende Worte in mein Ohr, die ich nur unklar mitbekam. Aber ich wusste, dass es gute Worte waren. Allein seine Stimme zu hören beruhigte mich. Wir einigten uns, dass ich weiter nach Norden reisen würde und Reinhard in Richtung Osten. Jedes Mal, wenn wir weiterreisten, würden wir uns eine anonyme Post mit Adresse und dem neuen Namen senden und jeden weiteren Kontakt vermeiden. Wir fanden uns einige Stunden später am Bahnhof wieder, wo ich meine Bahn nach Celle und Reinhard

seine Bahn nach Braunschweig erwartete. Wir redeten die letzten Stunden kaum miteinander, da keiner
die Richtigen Worte für die Situation fand. Als meine Bahn ankam fiel ich Reinhard ein weiteres Mal
um den Hals. Es fühlte sich falsch an meinem Bruder
Lebewohl zu sagen aber ich wusste, dass es das
Richtige war. Reinhard löste sich aus meiner Umarmung und sagte mir ‚Auf Wiedersehen' ohne zu
wissen, ob wir uns jemals wiedersehen würden. Ich
drehte mich um und stieg in den Zug. Von drinnen
winkte ich ihm mit Tränen in den Augen zu und sah
meinen Bruder dort zum letzten Mal.

Zwei Tage nach dem Einbruch gab es immer noch keine Informationen von der Polizei und auch noch keine Spur von Marc. Er hatte mich nach unserem Date nicht mehr kontaktiert. Sein Fehlen bereitete mir langsam Sorgen und auch Luise konnte mich nicht mehr beruhigen. Ich begab mich also diesen Morgen nach der Dienstbesprechung in Frau Gieses Büro, und fragte sie, ob sie wüsste, warum Marc seit Tagen abwesend war. Sie entgegnete, dass es mich eigentlich nichts angehen würde, bemerkte aber meine Verzweiflung und berichtete mir schließlich, dass sie seit seinem Verschwinden vor drei Tagen nichts von Marc gehört habe und ihn auch nicht erreichen könne. Die Nachricht traf mich wie ein Schlag. Marc war also nicht, wie von Luise vermutet, krank oder auf Geschäftsreisen, er war Spurlos ver-schwunden. Es konnte kein Zufall sein, dass ich mit jemandem ein Date habe, dieser einen Tag später verschwindet und in meine Wohnung eingebrochen wird. In meinem Kopf fügte sich ein Bild zusammen. War Marc vielleicht nicht der, für den ich ihn gehal-ten hatte? Hatte er alles so geplant, darauf ausgelegt, dass ich mich für ihn interessiere? Und als ich ihn nicht in meine Wohnung bat, war er einfach einge-brochen? All diese Gedanken waren reine Spekulati-on, unwahrscheinlich, und doch ließen sie mich nicht mehr los. Luise fiel mittlerweile auch keine Ausrede mehr ein, um all die Umstände zu erklären. Sie sagte nur, dass ich auf den Bericht der Polizei warten sollte, bevor ich voreilig jemanden beschuldigte. Und genau das tat ich. Ich widmete mich meinem neuen Bericht, trank meinen Kaffee in der Mittagspause bei Rico und ging spät in den Feierabend. Ich sollte jetzt nur kein Aufsehen erregen und mich bedeckt halten bis ich mir über alles im Klaren bin. Zuhause wartete nichts auf mich, außer einer leeren Wohnung, einem Kopf voller Fragen und dieser Paranoia, welche ich seit dem Einbruch verspürte. Je länger ich Zuhause auf dem Sofa saß, desto mehr Fragen bildeten sich. War es möglich, dass Marc einer von ihnen war, dass er herausgefunden hatte wer ich war? Hatte ich mich beim Date verraten? Ich hatte in der Tat nach all dem Wein über viel Persönliches gesprochen. Darüber, dass meine Familie schon nicht mehr leben würde und dass meine liebsten Autoren alle im 19. Jahrhundert geboren waren. Marc war beeindruckt, wie viel ich über die damalige Zeit wusste, aber vielleicht tat er auch nur so. Vielleicht hatte ich mich bei all dem Wein doch verraten. Ich hielt es in der leeren Wohnung kaum noch aus und war kurz davor einfach raus zu gehen und ein bisschen den Kopf frei zu kriegen, als das Telefon klingelte. Rufnummer unterdrückt. Zögernd nahm ich den Hörer ab.

»Polizeikommissariat Wandsbek. Guten Tag Frau Ulrich.«

Ich war erleichtert und aufgeregt zugleich. In wenigen Augenblicken würden sich alle meine Fragen klären.

»Wir haben Neuigkeiten über den Einbruchsfall

vom 03.06. Die Fingerabdrücke waren allesamt ihnen zuzuweisen, Jedoch haben wir am Fensterrahmen auch DNA-Rückstände gefunden, welche auf eine Männliche Person schließen lassen, die leider nicht in unserer Datenbank aufgeführt ist. Vor dem Hintergrund, dass Ihnen keine Wertgegenstände geklaut wurden, vermuten wir, dass es sich nicht um einen Wiederholungstäter handelt, sondern um jemanden, in Ihrem persönlichen Umfeld, der bewusst Ihre Wohnung gewählt hatte. Fällt Ihnen da speziell jemand ein?«

Die Nachricht ließ mich Fassungslos zurück. Es passte alles zusammen. Er war es. Er muss es gewesen sein. Aber um diese Angelegenheit wollte und musste ich mich selbst kümmern.

»Danke für die schnelle Rückmeldung. Nein, mir fällt leider im Moment niemand ein, der es auf mich abgesehen haben könnte.«

»Natürlich. Falls Ihnen trotzdem noch etwas einfallen sollte oder Sie noch Fragen haben, können Sie uns jederzeit kontaktieren. Ich wünsche Ihnen noch einen ruhigen Abend.«

Ruhig war ich keinesfalls. Ich fühlte mich hilflos. Seit damals in Hannover hatte ich mich nicht mehr so hilflos gefühlt. Es gab niemanden, dem ich mich anvertrauen konnte, oder um Hilfe bitten konnte. Die Paranoia die ich die letzten Tage empfand wurde nun noch schlimmer. Wem konnte ich noch vertrauen? Wer wusste noch von meinem Geheimnis? Ich konnte nun nicht einfach verschwinden. Das war heutzutage nicht mehr so leicht wie noch vor 50

Jahren. Panisch ging ich in die Stadt, um Schlösser für meine Fenster zu kaufen und eine Kamera für meine Tür. In der Bahn wurde ich bei jedem falschen Blick, der mich traf, misstrauisch. Es fühlte sich an, als würde mich jeder anstarren. Mein Herz raste. In meinem Kopf spielten sich hinter jeder Ecke, um die ich bog Horrorszenarien ab. Was wenn sie mich beobachteten? Wenn sie schon auf mich warten würden? Irgendwie schaffte ich es aber zum Technikladen. Aufgeregt fragte ich einen Mitarbeiter nach Sicherheitsschlössern und er zeigte mir verschiedenste Modelle und Alternativen. Ich zeigte ihm ein Foto meiner Fenster, welches ich nach dem Einbruch geschossen hatte und er demonstrierte einige Modelle und wie man diese am Fenster anbringt. Ich entschied mich schließlich für ein Modell und eine drahtlose Überwachungskamera, besorgte die nötigen Werkzeuge und machte mich eilig auf den Heimweg. Auf dem Weg vom U-Bahnhof zu meiner Haustür drehte ich mich einige Male panisch um, um zu prüfen, dass ich nicht verfolgt wurde. Aber die Straßen waren jedes Mal leer. Zu Hause stellte ich mein, mehr oder weniger vorhandenes, handwerkliches Talent unter Beweis und brachte alles, wie in der Anleitung beschrieben, an. Ich fühlte mich mit Ihnen zumindest Zuhause etwas sicherer, aber wusste auch, dass es so nicht weitergehen konnte. Da ich niemanden sonst um Rat bitten konnte, blieb mir nur eine Möglichkeit: Ich musste meinen Bruder kontaktieren. Seit wir uns 1875 getrennt hatten, hatte ich ihn, abgesehen von den anonymen

Briefen nicht mehr gehört oder gesehen. Auch wenn wir die Briefe so kurz und unauffällig wie möglich hielten, freute ich mich jedes Mal, über ein Lebenszeichen von meinem Bruder und war froh, dass es ihm gut ging. Aus dem Geheimfach meiner Schublade kramte ich die alten Briefe meines Bruders hervor, welche ich alle sorgfältig aufbewahrt hatte, und las sie mir noch einmal durch. Da die Papiere schon so alt waren, war an manchen Stellen die Schrift verwischt und unlesbar geworden.

25.Oktober 1875
Zum Ba hof 44, Brau schweig
Name: Anton Gu nberg

Ich suchte den letzten Brief, den ich von Reinhard erhalten hatte. Er war damals, als wir uns trennten, in Richtung Osten weitergezogen. Sein letzter Brief kam aus Berlin.

16.April 2004
Wohlgemuthstraße 18, 21437 Berlin
Name: Johannes Garbers

Dort müsste er auch jetzt noch wohnen, und dort würde ich ihn erreichen. Ich setzte mich an meinen Schreibtisch und begann einen Brief zu formulieren. Plötzlich hatte ich das Bedürfnis, meinem Bruder mein ganzes Herz auszuschütten und konnte keinen klaren Gedanken mehr fassen. Alles, was ich ihm die letzten Jahrzehnte nicht sagen konnte, versuchte ich jetzt auf dieses Blatt zu schreiben. Ich berichtete über mein Leben als Journalistin und über Luise und was ich für Marc empfunden hatte. Wie alles aus dem Ruder gelaufen war und ich nicht wusste, ob ich die Stadt verlassen oder lieber noch warten sollte, bis der Einbrecher gefasst wurde. Während ich den Brief schrieb und die letzten Jahre noch einmal in Gedanken durchlebte, merkte ich, wie sehr ich meinen Bruder vermisst hatte und wie allein ich mich fühlte. Mit Tränen in den Augen versuchte ich Namen und Adresse meines Bruders leserlich auf den Umschlag zu schreiben und die vielen Seiten, die ich geschrieben hatte hineinzustecken. Mir fiel auf, dass ich keine Briefmarke mehr zu Hause hatte. Die nächste Postfiliale lag nur 10 Minuten zu Fuß entfernt und ich könnte es noch schaffen, bevor sie in einer halben Stunde schließt. Eilig zog ich mir Jacke und Schuhe an und ging schnellen Schrittes los. Bei all der Aufregung hatte ich meine Paranoia schon fast verdrängt. Erst als ich in die kleine Gasse kurz vor der Postfiliale einbog, bemerkte ich, wie unaufmerksam ich den gesamten Weg gewesen war. Aber jetzt fühlte ich mich wieder so unsicher wie zuvor im Technikgeschäft. Es waren sicherlich noch 600 Meter bis zur nächsten großen Straße und ich wurde das Gefühl nicht los, verfolgt zu werden. Ich schaute mich immer wieder um, aber erkannte niemanden. Misstrauisch fing ich an, schneller zu werden und schließlich zu laufen. Mein rasender Puls und mein keuchender Atem ließen keine Geräusche von außen mehr zu. Ich rannte nur noch geradeaus, und meine

Panik fühlte sich plötzlich viel präsenter an als zuvor. Ich erkannte schon das gelbe Schild der Postfiliale in der Ferne, als ich auf einmal einen Hieb von hinten spürte und alles schwarz wurde.

CELLE, 5.10.1924

Nachdem mein Bruder und ich uns getrennt hatten, reiste ich weiter nach Norden und landete schließlich in Celle. Ich war aufgeregt und wusste nicht, ob ich allein zurechtkommen würde. Die gesamte Fahrt nach Celle hatte ich damit verbracht zu weinen, sodass ich plan- und hilflos am Bahnhof ankam. Mit dem wenigen Ersparten, was wir untereinander aufgeteilt hatten, versuchte ich zunächst eine Bleibe zu finden. Schließlich fand ich ein Bett in einer kleinen Mietskaserne, welches ich als Schlafgänger nach der Arbeit nutzen durfte. Ich erhielt dann in der Druckerei Schweizer eine Anstellung, bei der ich einerseits wegen meines Interesses an der Literatur anfing, andererseits aus Hoffnung, eines Tages selbst als Journalistin bei der Zeitung arbeiten zu können, die ich bis dahin nur drucken würde. Dass ich nun von meinem Bruder getrennt war, gab mir gewissermaßen auch Mut mich neu zu entdecken und meiner langersehnten Leidenschaft nachgehen zu können. Ich fing an Tagebuch zu schreiben und all meine Gedanken und Gefühle zu dokumentieren. Außerdem verfasste ich von Zeit zu Zeit Berichte, in denen ich meine Meinung zu Themen kundgab, die mich interessierten. Veröffentlicht wurden diese zwar nicht, aber es war für mich ein schöner Zeitvertreib, wenn ich niemanden hatte, mit dem ich über solche Themen hätte reden können. Die Arbeit in der Druckerei bereitete mir viel Freude, nicht zuletzt, weil ich mit einer Tageszeitung zusammenarbeitete und aktuelle Berichte schon abends lesen konnte. Ich lernte dort auch den Geschäftsführer Gustav Walter kennen, welcher auch die cellesche Zeitung leitete, die wir tagtäglich druckten. Er war ein sehr gebildeter Mann, welcher das Unternehmen mit viel Eifer und Leidenschaft führte. Ich entschloss später, Gustav meine Berichte zu geben, welche ich in den letzten Monaten vor allem zu Kaiser Wilhelms II Bündnis- sowie Arbeitspolitik verfasst hatte. Ich bat ihn, sie seinem Bruder vorzulegen und eine etwaige Aufnahme als Journalistin der cellschen Zeitung in Erwägung zu ziehen. Dieser bedankte sich in einem Brief für mein Interesse und sagte, dass meine Berichte zwar gut und richtig geschrieben wurden, aber zurzeit leider kein Bedarf an weiteren Schreibern bestünde. Er bot aber an, meinen Bericht über die soziale Arbeiterbewegung anonym als Leserkommentar abzudrucken. Diesem Kompromiss sagte ich dankend zu. Auf der einen Seite war ich niedergeschlagen, dass meine Bewerbung abgelehnt wurde, auf der anderen Seite machte es mich ausgesprochen stolz, dass meine Berichte an die Öffentlichkeit gelangen würden. Ich arbeitete also weiterhin in der Druckerei, dessen Zeitung an Ansehen und Nachfrage stetig zunahm. Als 1914 der Krieg ausbrach änderte sich schlagartig vieles. Die Begeisterung für den Krieg war im ganzen Land deutlich spürbar, die Propaganda zeigte seine Wirkung. Ich konnte nie verstehen, warum Menschen so euphorisch dem Tod ins Auge blickten? Für eine Ideologie, die einzig aus Anfeindungen bestand, ließen Sie freiwillig ihr Leben und rissen weitere in den Tod. Ich hatte in meinem Leben nun schon viele Kriege erlebt, was alle gemeinsam hatten, war, dass sie unschuldige Menschenleben kosteten und jeder von sich behauptet, für das richtige zu kämpfen. Nur ändert sich das Richtige im Auge des Betrachters, letzten Endes sind wir alle gleich.

Der Ausbruch hatte aber auch einen Vorteil mit sich gebracht. Da die meisten Männer in den Krieg zogen, und das Volk ständigen Aufklärungsbedarf hatte, wurde eine Stelle als Journalistin der celleschen Zeitung frei. Fortan durfte ich in der lokalen Abteilung über neueste politische Ereignisse und Auswirkungen des Kriegs auf Celle schreiben. Trotz der zerstörerischen Umstände, die nun herrschten, war ich glücklich, nun als Journalistin arbeiten zu können. Die Hoffnung auf einen Sieg schwand mit der Zeit. Hunger und Arbeitslosigkeit breiteten sich aus. Die Niederlage sorgte im Inland für einen wirtschaftlichen Zusammenbruch, sodass viele Arbeitsplätze verloren gingen und Preise ins Unermessliche stiegen. Allerdings gab es auch eine Kehrseite. Die lang ersehnte Demokratie und die politische Gleichberechtigung der Frau wurden nach Ende des Krieges endlich Realität. Und auch die Druckerei erlebte trotz der schwierigen Zeit einen Aufschwung. Der Nachfolger und Sohn von Gustav, Egor, schaffte es sogar, ein zweites Geschäft aufzukaufen, wohin ein Teil der Druckerei verlagert und ausgebaut werden konnte. Der Anteil der Frauen im Unternehmen nahm zu und ich fand schnell eine kleine Gruppe von Freundinnen. Mit Ihnen hatte ich endlich wieder Gleichgesinnte gefunden, mit denen ich mich austauschen konnte. Es war das erste Mal seit einer Ewigkeit, dass ich mich aufgehoben und verstanden fühlte. Durch sie wurde ich selbstbewusster und traute mich freizügiger und mutiger aufzutreten. Wir teilten dieselben Leidenschaften und hatten dieselben Visionen. Anfangs redeten wir nur bei der Arbeit miteinander. Die meisten Frauen waren verheiratet und hatten Familien, um die sie sich kümmern mussten. Doch später trafen wir uns auch nach der Arbeit, um uns über Bücher auszutauschen und für einen Augenblick die Probleme auszublenden, die der Alltag mit sich brachte. Die Hyperinflation und Schäden des Krieges machten allen Haushalten zu schaffen. Erst 1924, mit der Einführung einer neuen Währung, sahen wir uns einem wirtschaftlichen

Aufschwung entgegen, den auch ich zu spüren bekam. Die Zeitung verkaufte sich besser als je zuvor und auch finanziell ging es für viele aufwärts. Wir besuchten sogar das Kino, gingen schwimmen oder nach dem Feierabend noch etwas trinken. An einen Abend erinnerte ich mich noch sehr genau. Wir verabredeten uns, um ein Tanzlokal zu besuchen. Meine mittlerweile kurzen Haare hatte ich unter einem dunklen Hut mit silbernem Band versteckt, dazu trug ich ein schlichtes, schwarzes Kleid, welches knapp unter den Knien endete und eine lange Kette. Mir gefiel der freizügige, pragmatische Stil, welcher sich etabliert hatte. Enge Korsetts und schwere Kleider gehörten der Vergangenheit an. Was man vor einem Jahrhundert noch für ein Nachthemd gehalten hätte, trugen die Frauen heute mit Stolz in der Öffentlichkeit. Das Tanzlokal im Stadtzentrum war gut besucht. Viele junge Frauen und Männer trafen sich hier, um zur Livemusik zu tanzen, zu trinken und zu flirten, so wie wir an diesem Abend. Es gab wenige Sitzmöglichkeiten in der Ecke und Stehtische neben der Bar. Im Zentrum des relativ großen Saals war die Tanzfläche, vor der sich eine kleine Bühne befand, auf der eine Gruppe von drei Sängern, sowie ein Tubist und ein Saxofonist spielten. Es war ein Samstagabend und das Lokal war gut besucht. Wir stellten uns anfangs an einen Stehtisch und tranken ein Mischgetränk. Später gingen wir auf die Tanzfläche, um ein wenig zu tanzen und ein paar Männern schöne Augen zu machen. Die Musik war sehr schwungvoll und die Texte anzüglich. Es war fast unmöglich nicht wenigstens mit dem Fuß zu wippen, wenn die live-Gruppe anfing zu spielen. Auch wenn ich kein besonderes Rhythmusgefühl hatte, machte es mir Spaß zu tanzen. Man konnte für einen Moment alles um sicher herum vergessen. Als sich der Abend dem Ende zuneigte, hatten wir bereits einige Gläser getrunken. Zwei von uns wurden schon von Männern zum Tanzen aufgefordert, ich stand mit den anderen beiden am Rand und wir scherzten darüber, wie oft der eine Mann unserer Freundin wohl auf die Füße treten würde.

Es könnte am Schnaps gelegen haben, aber als ich meinen Blick über die Menschenmenge gleiten ließ, sah ich im Augenwinkel eine Gestalt, die meiner Mutter sehr ähnelte. Sie hatte zwar eine andere Frisur aber ihr markantes Gesicht war deutlich zu erkennen. Einen Moment lang blickten wir uns beide in die Augen, es fühlte sich an wie eine Ewigkeit. Ihr Blick war sehnsüchtig, fast schon betrübt. Innerhalb weniger Sekunden senkte sie den Blick zu Boden und verschwand eilig der Menge. Ich drängte mich hinterher, zu dem Punkt, an dem ich meinte, sie gesehen zu haben. Dann blickte ich mich einige Male um, hastig scannte ich die Menschen um mich herum, doch sie war nirgends zu sehen. Hatte ich mir das alles nur eingebildet? Meine Mutter war doch seit Jahrhunderten verschwunden. Meine Freundin kam mir hinterher und fragte, ob alles in Ordnung sei. Ich tat es in dem Moment zwar als ein Missverständnis ab, aber insgeheim habe ich noch oft über diesen Abend nachgedacht.

Plötzlich fand ich mich in einem undefinierbaren Raum wieder. Er war so hell, dass alles um mich herum weiß wirkte, obwohl ich nicht einmal sicher war, ob es überhaupt etwas gab. Der Raum schien unendlich und es fühlte sich an, als ob ich schweben würde. Aber als ich darüber nachdachte und an mir herunterschaute, fiel mir auf, dass ich selbst auch nicht körperlich war. Wie alles in diesem Raum war auch ich nichts, und trotzdem war ich da. War ich vielleicht tot? Sah so der Himmel aus, oder das Nirwana oder einer der anderen Orte, von der die Menschen immer spekulierten? Und wenn ja, wo waren dann alle anderen? Vielleicht war ich auch in einer Sphäre zwischen der lebendigen und der toten Welt. Ich habe mir nie darüber Gedanken gemacht, was passieren würde, wenn mein Körper tödlich verletzt würde. Was mit meinem Geist passieren würde, während sich mein Körper noch regeneriert. Aber so, wie jetzt müsste es sich anfühlen. Ich versuchte mich zu erinnern, wie ich hier gelandet war. Das letzte, an das ich mich erinnern konnte, war ein Stoß von hinten, meine Beine wurden taub und ich fiel zu Boden. Plötzlich wurde alles schwarz und dann fand ich mich hier wieder. Nun hatte ich jegliches Zeitgefühl verloren. Vielleicht war ich schon Stunden, vielleicht auch Tage hier drin. Ich konnte mich nicht bewegen oder schreien. Nicht einmal die Augen schließen, denn ich hatte ja keine. Ich hätte verzweifelt sein müssen, oder ängstlich, doch alles, was ich fühlte, war Zufriedenheit. Es schien, als hätte ich alle Probleme und Ängste in meiner menschlichen Hülle zurückgelassen. Ich hatte keine Bedürfnisse oder Wünsche, nichts, was mich zuvor bedrückt hatte, war mehr da. Nur diese unendliche Ruhe. Ich genoss diese Ruhe, so sehr, dass ich zu meinem irdischen Leben keine nennenswerte Verbindung mehr spürte. Aber während ich darüber nachdachte, wurde der Raum um mich herum plötzlich immer dunkler. Es fühlte sich alles so schwer an, als würde jemand von unten an mir ziehen und ich fiel immer weiter in die Leere, die sich unter mir auftat.

Dann öffnete ich abrupt die Augen und war zurück in meinem Körper. Ich fühlte mich ungewöhnlich müde und schwach. Mein Hinterkopf tat schrecklich weh und meine Augen hatten sich noch nicht an das Licht gewöhnt. Es dauerte einen Moment, bis ich begriff, dass ich mich nicht mehr auf der Straße, auf der ich zusammengebrochen war, befand, sondern auf dem Boden eines kleinen, dunklen Raumes. Die Wände waren kahl und grau und ich blickte auf eine Tür aus Stahl. Der Raum machte einen verlassenen Eindruck. Es schien, als wäre ich in einem alten Bürogebäude gelandet. Von der Decke hing eine nackte Glühbirne, welche ein trübes, gelbes Licht abgab, es roch alt und modrig und im Hintergrund konnte ich Wasser tropfen hören. Erst als ich mich näher umsehen wollte, bemerkte ich, dass ich nicht einfach nur auf dem Boden saß. Ich war gefesselt. Meine Beine waren mit einem Seil zusammengebunden und meine Hände auf dem Rücken ebenfalls fixiert. Ich tätigte ein paar panische Versuche mich zu befreien und gab schließlich hilflos auf. Dann erinnerte ich mich, was ich überhaupt auf der Straße vorhatte und begann eins und eins zusammenzuzählen. Sie mussten mir zuvorgekommen sein. Die ganze Zeit über mussten Sie mich beobachtet haben. Ich war zu unaufmerksam gewesen, zu leichtsinnig mit der Situation umgegangen. Auf der Straße haben sie mich schließlich überwältigt und hier hergebracht. Warum aber war ich noch am Leben? Was wollten sie von mir? Aufgeregt und angsterfüllt fing ich an, um Hilfe zu schreien und mit der wenigen Bewegungsfreiheit, die ich hatte gegen die Wand zu hämmern. Einige Augenblicke später kam ein Mann zur Tür rein und unterbrach mein hysterisches Schreien. Er war groß und kräftig gebaut, sein Kopf war kahl rasiert. Seine dicken Augenbrauen hatte er zusammengezogen und seine breiten Arme verschränkt. Sein Anblick schüchterte mich ein. Für einen Moment lang konnte ich mich weder regen noch sprechen. Plötzlich kam mir Marc wieder in den Sinn. Ich wollte ihn sehen. Ich wollte noch einmal in sein verräterisches Gesicht blicken und ihm sagen, wie sehr ich ihn verabscheute. Nie hätte ich ihm vertrauen dürfen. In mir hatte sich so viel Zorn aufgebaut, dass mein Kopf anfing zu glühen und meine Hände sich zu Fäusten ballten.

»Sieh an wer wieder von den Toten auferstanden ist.«

Der Mann, hatte sich noch etwas breiter vor mir aufgebaut und füllte nun fast den kompletten Türrahmen aus.

»Was wollen Sie von mir? Wo ist Marc? Ich möchte persönlich mit dem Verräter sprechen!«

Mein Versuch, selbstbewusst zu wirken, schlug fehl, denn der Mann fing laut an zu lachen als ich meinen Satz beendet hatte. Vielleicht war es eine Methode der Einschüchterung, die definitiv Wirkung zeigte. Ich guckte ihn verwirrt an, als sein Blick plötzlich wieder ernst wurde und er mir tief in die Augen blickte.

»Dein kleiner Freund war ein guter Köder, mehr nicht. Wir mussten ihn nur nach eurem Date aus dem Weg schaffen und es so aussehen lassen, als wäre er eingebrochen, um dich auf eine falsche Fährte zu locken.«

Marc hatte also nichts damit zu tun. Mir schoss schlagartig eine Reihe von Fragen durch den Kopf.

Wo war er die letzten Tage geblieben? Was hatten Sie mit Ihm gemacht? Und wer war dann bei mir eingebrochen? War es etwa der Mann der vor mir stand? Noch bevor ich eine Antwort auf meine Fragen finden konnte fiel mir eine Stimme aus dem Hintergrund ins Wort.

»Jetzt verrat Ihr doch nicht gleich alles! Wir warten doch noch auf unseren letzten Gast.«
Ich konnte die Person hinter den breiten Schultern des Mannes zwar nicht sehen, aber ich erkannte die Stimme direkt. Sie war mir so vertraut wie meine eigene.

»Luise, bist du es?«
Mittlerweile hoffte ich, dass das alles nur ein Traum war und ich gleich auf meinem Sofa zu Hause aufwachen würde. Aber das passierte nicht. Stattdessen trat der Mann zur Seite und hinter ihm erkannte ich die Silhouette einer großen, schlanken Frau. Sie bewegte sich langsam und anmutig auf mich zu, wie eine Raubkatze, die sich an ihre Beute heranschlich. Luise! Sie blickte mir tief in die Augen und sah dabei so bösartig und durchtrieben aus, dass ich kaum glauben konnte, dieselbe Frau zu sehen, die mir noch gestern einen Kaffee an den Schreibtisch brachte. Wie konnte ich mich so in jemandem täuschen? Aus dem Hintergrund ertönten Schreie und es hörte sich an, als würde jemand kämpfen. Hinter Luise sah ich zwei Männer in Schwarz, die mindestens genauso groß und breit waren, wie der Mann vor mir. Sie hatten einen weiteren Mann in der Mangel und schliffen ihn in unsere Richtung. Er sah erschöpft

aus, ließ den Kopf hängen und konnte mit den Männern kaum noch Schritt halten. Obwohl er groß und kräftig war, wirkte er zwischen den beiden anderen Männern wie ein Streichholz. Plötzlich blickte er nach oben und sah mir direkt in die Augen. Es war Reinhard! Mein Bruder stand nach all den Jahren vor mir. Ich weiß nicht, ob es Tränen der Freude waren, weil ich ihn endlich wieder hatte, oder Tränen der Trauer, weil ich ahnte, was uns bevorstand, aber sie flossen einfach und unkontrolliert aus meinen Augen. Die Männer warfen Reinhard neben mich und er sagte noch, ohne mich anzusehen meinen Namen, bevor er ohnmächtig wurde. Erschrocken und panisch beugte ich mich über ihn und versuchte ihn wieder aufzuwecken.

»Keine Panik, er wird bald wieder zu sich kommen. So leicht seid Ihr ja leider nicht kaltzumachen« Es war Luise, die sich mit verschränkten Armen neben mir aufgebaut hatte. Und da war wieder dieser Blick. Er war verstörend und einschüchternd und ich traute mich nicht, ihr zu antworten. Aber auch, wenn sie nicht mehr die war, für die ich sie gehalten hatte, verstanden wir uns noch wortlos, denn sie beantwortete meine Frage, ohne dass ich sie stellen musste.

»Ja, ich war es, die dich ausspioniert hat. Die unscheinbare beste Freundin und du das unsichere, manipulierbare Mädchen. Weißt du, als ich damals einen anonymen Tipp aus einem Seniorenheim bekam, hatte ich nicht gedacht, dass mich die Spur wirklich zu dir führen würde. Einer alten, dementen

Dame hätten die meisten wohl keine Aufmerksamkeit geschenkt, aber ich hatte da so ein Gespür. Es hätte nur eine Fantasie sein können, um die eigenen Eindrücke im Kopf zu verarbeiten, aber dass eine Demenzkranke so intensiv an einer Geschichte festhielt, machte mich stutzig. Sie behauptete steif und fest, ihre Mutter sei unsterblich und sie müsse sie finden. Es war nicht leicht, deine Spur 50 Jahre zurückzuverfolgen, aber es gelang mir, dich zu finden. Ein DNA-Abgleich verschaffte uns die finale Bestätigung – Du warst die richtige. Sagt dir zufällig der Name *Annegret* etwas?«

Mein Herz machte einen Satz. Diese hinterhältige Schlange. Ich versuchte meine Fesseln zu lösen, versuchte aufzustehen, um ihr wenigstens in die Augen sehen zu können, doch es war sinnlos. Ich konnte mich nicht rühren. Bei Luise löste mein Verhalten lediglich Belustigung aus. Da war keine Spur von Mitgefühl in ihren Augen.

»Es war fast zu einfach, rauszufinden, wo sich dein Bruder aufhält und du hast so gut mitgespielt. Wir mussten in dir nur ein bisschen Panik auslösen, um dich aus der Reserve zu locken. Marc war nur eine Ablenkung, zur Verunsicherung und um unsere Spuren zu verwischen.«

Ihr Auftreten hatte etwas Stolzes, fast schon heroisches, es widerte mich an. Ich wendete meinen Blick von ihrem ab und mich wieder Reinhard zu. Im Hintergrund hörte ich, wie ein Mann einem andren etwas befahl und dieser auf uns zukam. Dann wendete sich Luise ihm zu und er flüsterte ihr unverständlich etwas ins Ohr. Die Tür fiel hinter Ihr ins Schloss und ich war wieder alleine, mit einem bewusstlosen Reinhard und den zahlreichen offenen Fragen, die in meinem Kopf schwirrten. Alles, was ich nun noch hörte, war das Wasser, was in einen bereits halbvollen Eimer in der Ecke des Raumes tropfte.

Als ich 1925 Celle verließ, landete ich vorerst in Soltau. In dieser Stadt fand ich allerdings schwer Anschluss. Ich konnte keine Festanstellung erhalten und musste mich mit kleinen Aushilfsarbeiten über Wasser halten. Jedoch konnte ich so meinen Lebensunterhalt kaum sicherstellen. Die Stellen waren alle auf wenige Monate befristet und schlecht bezahlt. Nach wenigen Jahren entschloss ich mich nach Lüneburg weiterzuziehen und dort mein Glück zu versuchen. Dies war kurz vor dem Ausbruch des Krieges. Ich fand eine Anstellung bei einem lokalen Tagesblatt, den *Lüneburgschen Anzeigen*. Das Blatt wurde jedoch später, durch den wirtschaftlichen Druck der NSDAP zu einem Sprachrohr der Nationalsozialisten. Ich hatte wegen der starken Arbeitslosigkeit keine andere Wahl, als weiter dort zu arbeiten. Jedoch sah ich mich nicht als Anhängerin dieser Bewegung, im Gegenteil: Ich selbst war mein Leben lang auf der Flucht vor Menschen, die mich wegen meiner Herkunft töten wollten. Und nun befanden sich eben solche Menschen an der Macht. Doch wenn ich eins aus meinem langen Leben gelernt hatte, dann, dass sich solche Ideologien nicht lange mit der Realität vereinen ließen. Und so kam es 1945 auch. Deutschland wurde von den Alliierten besiegt und in Besatzungsgebiete aufgeteilt. Wir standen unter britischer Besatzung. Nun galt es, die Stadt wieder aufzubauen und Fuß zu fassen. Etwas Positives hatte diese Krise jedoch für mich parat, denn ich lernte im Herbst 1944 einen preußischen Flüchtling kennen, welcher hier in Lüneburg Zuflucht suchte. Er war ein junger, gutaussehender Mann, der in seiner Heimat eine Ausbildung als Gärtner abgeschlossen hatte. Als ich für einen Bericht zur Vertreibung recherchierte, begegneten wir uns. Er hatte eine unglaubliche Ausstrahlung und ich fühlte mich sehr zu ihm hingezogen. Im Gespräch berichtete er mir von der Brutalität der Roten Armee, die ihn zwang aus seiner Heimat zu fliehen und von dem Unmut und Misstrauen, das er durch Einheimische erfahren musste. Die Art, wie er redete, faszinierte mich und ich hörte ihm stundenlang zu. Die Stunden verging wie im Flug und ich bedauerte, dass wir uns nicht wiedersehen würden. Als ich kurz davor war zu gehen, fragte er mich, ob ich ihn noch einmal treffen wollen würde. Ich zögerte noch zu antworten. Schon oft hatte ich darüber nachgedacht, jemanden kennenzulernen, jetzt wo ich alleine war. Ich fühlte mich oft unsicher und wollte einen Mann an meiner Seite haben. Doch es würde auch bedeuten, ihm eventuell mein Geheimnis zu gestehen, wer weiß, ob es noch einmal so gut ablaufen würde wie damals bei Reinhard. Aber wenn ich es nicht probiere, bleibe ich womöglich für immer alleine und einsam. Das ist ein Risiko, welches ich gewillt bin, einzugehen. Also kam es dazu, dass ich mich auf ein Kennenlernen einließ und wir begannen uns häufiger zu sehen. Die Treffen fühlten sich unbeschwert an und ließen mich oft die schwierigen Umstände für eine kurze Zeit vergessen. Ich glaubte zu wissen, dass ich auf ihn die gleiche Wirkung hatte. An manchen Tagen dachte ich sogar etwas von Reinhard in ihm wiederzuerkennen. Vielleicht wollte ich nach all dieser Zeit auch einfach nicht mehr alleine sein und ich fand Gefallen daran, jemanden zu haben, dem ich mich anvertrauen konnte, wenngleich es nur die halbe Wahrheit war. Auch sehnte ich mich danach, meine eigene Familie zu gründen. Und was für einen Sinn würde mein Leben schon haben, wenn ich auf ewig alleine durch die Welt wandern würde, ohne jemals etwas Großes zu wagen. Da wir beide nur uns und unser bescheidenes Leben hatten, dauerte es nicht lange, bis Hermann um meine Hand anhielt und wir unsere Beziehung amtlich machten. Die Not hatte uns zusammengebracht und gegenseitig gaben wir uns Kraft, diese schwere Zeit zu überstehen. Es fühlte sich richtig ein, diesen Bund einzugehen. Die Hochzeit war schlich und klein, da wir beide keine Familie und nur wenige Bekannte hatten. Es fühlte sich surreal an, jemanden zu heiraten. Nie hätte ich es mir erträumt, das Risiko war zu groß und ich war immer der Meinung gewesen, dass so etwas nicht mit meinen Umständen vereinbar war. Er würde alt werden und irgendwann müsste ich ihm die Wahrheit gestehen, so wie es bei meinem Bruder der Fall war. Ich wusste, dass ich ihm eines Tages das Herz brechen müsste. Doch das lag alles noch in ferner Zukunft und spielte jetzt noch keine große Rolle für mich. Ich war egoistisch, wollte mich auch einmal fühlen wie all die anderen Frauen, zu denen ich nie gehören durfte. Man könnte sagen, dass 1946 eine denkbar schlechte Zeit war, um eine Familie zu gründen. Die wirtschaftliche Lage nach dem Krieg war katastrophal. Die Stadt war von den Bombenangriffen gezeichnet und der Wiederaufbau würde viel Kraft kosten. Viele Menschen hatten ihre Wohnungen verloren, litten Hunger und waren durch die Besatzung unterdrückt. Trotzdem schafften wir es, uns in Bardowick niederzulassen, einem kleinen idyllischen Vorort. Hermann arbeitete zunächst auf dem Acker eines ansässigen Bauernhofes, was uns allerdings nicht viel Geld einbrachte. Und auch die Nachbarn aus dem Dorf standen uns feindselig gegenüber. Für Sie waren wir zwei weitere Fremde, die ihnen Nahrung und Wohnraum stahlen. Doch wir ließen uns nicht entmutigen, uns ein gemeinsames Leben aufzubauen. Durch das Presseverbot war ich seit der Besetzung arbeitslos. Die Tageszeitung war auf eine offizielle Lizenz durch die Briten angewiesen, welche sie erst im Januar 1946 erhielt. Als ich dann wieder anfing, bei der Zeitung zu arbeiten wurde ich kurze Zeit später bereits schwanger. Ich bemerkte es recht spät. Meine Periode war durch den Stress und den Hunger schon häufiger ausgeblieben, doch nun war es schon der zweite Monat und mir war ständig übel und schwindelig. Meinem Vorgesetzten verschwieg ich die Schwangerschaft vorerst, weil ich Angst hatte, er würde mich wieder entlassen. Eigentlich hätte ich überglücklich sein sollen, doch die Vorstellung in dieser Zeit ein Kind großzuziehen, schien mir einfach unmöglich. Schon oft hatte ich davon geträumt eine Familie zu gründen, doch jetzt traf es mich wie ein Schlag ins Gesicht. Hermann hingegen war hoffnungsvoll und schaffte es wie so oft, mir etwas von dieser Hoffnung zu schenken. Ich dachte zu dieser Zeit auch oft an Reinhard. Was würde er tun oder sagen? Würde er sich für mich freuen oder mir gar davon abraten das Kind überhaupt großzuziehen? Aber dann wiederum hatte er damals genau dasselbe Doppelleben geführt, wie ich es gerade vorhatte. Er würde seinen Neffen wohl nie persönlich kennenlernen und das stimmte mich für eine Weile sehr traurig. Hermann hatte ich nicht erzählt, dass mein Bruder noch lebte. Für ihn war meine Familie entweder unauffindbar oder im Krieg gefallen. Je mehr Zeit verging, desto mehr wich die Angst der Vorfreude und ich konnte es kaum erwarten, mein Kind endlich in den Armen zu halten. Mir schien es, als hätte ich meinen Sinn im Leben gefunden, ich fühlte mich als Frau endlich vollkommen. So oft hatte ich mir diesen Moment bereits vorgestellt, wenn man sein eigenes Kind zur Welt bringt, wenn man es zum ersten Mal im Arm hielt. Jedoch hatte ich mir dabei nie ausgemalt, dass ich es eines Tages sein könnte, die das erlebte. Die Schwangerschaft verlief unproblematisch. Nach ungefähr sechs Monaten konnte man meinen Bach deutlich erkennen und die Leute fingen an, mich anders zu behandeln als vorher. Ich schien für sie ein Sinnbild der Hoffnung zu sein. Der Anfang einer neuen Generation. In der Redaktion wollte man von mir wissen, wann es so weit war und ob ich nach der Geburt weiterarbeiten würde. Ich kam jedoch zu dem Entschluss, dass ich mich nun voll auf die Erziehung und den Haushalt konzentrieren würde. Jetzt, wo der Sommer vorbei war, wurden die Nächte länger und kälter. Ich spürte, dass es bald so weit sein würde. Nachts schlief ich unruhig oder gar nicht, tagsüber fiel es mir schwer meinen täglichen Aufgaben nachzukommen. Der Winter würde einer der kältesten der letzten Jahre werden und gerade jetzt war die Heizkohle knapp, knapper noch als die Nahrungsmittel. Selbst, wenn ich das Kind gesund zur Welt bringen würde, wie sollte ich es dann nur durch den Winter bringen? Selbst Hermann hatte auf diese Frage keine befriedigende Antwort für mich. Wir würden es einfach versuchen müssen, was blieb uns denn anderes übrig?

An den Tag der Entbindung erinnerte ich mich noch Jahre später. Es war bereits spät, vielleicht 18:00 Uhr am Abend, als Hermann und ich zu Abend aßen. Ich merkte, wie sich auf dem Sitz unter mir eine Pfütze bildete, ohne, dass ich jedoch etwas verschüttet hatte. Da traf es mich, wie der Blitz, dass meine Fruchtblase geplatzt war. Und nun spürte ich auch ein Ziehen im Unterbauch. Nur ein leichter Schmerz, wie eine Verstimmung. Es war so weit, in wenigen Stunden würde ich mein Kind vielleicht schon in den Armen halten. Hermann versuchte Ruhe zu bewahren, schien jedoch genauso aufgeregt wie ich es war. Ich ging zum Schrank, um mir noch eine frische Hose anzuziehen und eine weitere einzupacken. Dann begleitete mich Hermann zur Klinik, wir entschieden uns gegen eine Hausgeburt.

Währenddessen spürte ich zwischenzeitig noch eine weitere Wehe und der Schmerz vermischte sich mit der Vorfreude, ein Gefühl, was sich mit Worten nicht beschreiben ließ. Es war eine bitterkalte Nacht und der Wind blies mir ins Gesicht wie kleine Nadelstiche. Als wir endlich angekommen waren, übergab Hermann mich den Hebammen, welche mich direkt in den Entbindungssaal begleiteten. Jetzt war ich auf mich allein gestellt. Im Saal lagen zwei weitere Frauen und zwei Betten waren frei. Der Raum war nicht kalt, doch trotzdem stieg gleichzeitig eine durchdringende Hitze in mir auf. Beim Betreten erkannte ich, wie eine der Frauen bereits verschwitzt und nach Luft schnappend in ihrem Bett lag. Es roch unangenehm und für einen Augenblick dachte ich, dass ich doch lieber zu Hause geblieben wäre. Doch kurz darauf verlief alles wie im Zeitraffer. Die Hebammen gaben mir Anweisungen, wie ich mich hinlegen sollte, brachten mir Wasser und frische Handtücher. Anfangs war alles noch sehr ruhig und ich konnte indessen ein wenig schlafen. Nach einer Stunde wachte ich jedoch abrupt auf und mein Herz raste. Allmählich wurden die Wehen stärker und schneller. Zwischenzeitlich dachte ich mein Bauch würde gleich aufbrechen, es war unerträglich. Die kurzen Pausen zwischen den Wehen reichten allmählich nicht mehr, um mich zu beruhigen. So viele Eindrücke rasten auf mich ein, die Hände der Hebammen, die Hitze, der Schmerz und die Hoffnung, das alles bald überstanden zu haben. Dann wies mich die Hebamme an, ich solle pressen und sie gab mir ein Handtuch, auf das ich beißen konnte, während meine Hände sich in den Laken verkrampften. Eins ... Zwei ... Drei!

Plötzlich hörte ich jemanden aufschreien

»Da ist das Köpfchen!« und dann hörte ich ein lautes Kreischen.

»Es ist ein Mädchen!«

Um 02:37 kam unsere Tochter Annegret zur Welt. Der Arzt kam dazu und untersuchte meine Mädchen kurz, bevor ich sie zum ersten Mal in meinen Armen hielt. Ihre Augen waren geschlossen und sie war in ein kleines Tuch gewickelt. Ihre dünnen Haare waren noch nass und schmierig, die kleinen Hände guckten hervor und ich umschloss sie mit meinen. Sie hatte den Kopf auf meiner Brust abgelegt und atmete erschöpft, als wäre es für sie genauso eine Anstrengung gewesen, wie für mich. ‚Wir haben es geschafft' flüsterte ich ihr zu und schloss die Augen. Dieser kurze Augenblick war so voller Glück, dass ich alles um mich herum kaum mitbekam. Es war das wundervollste, was ich je erlebt hatte. Nichts war gerade von Bedeutung. Als die Nabelschnur durchtrennt war, erklärte mir die Hebamme noch wenige Einzelheiten, die ich aber nur noch bedingt mitbekam.

Viele Jahre strichen ins Land, unsere Annegret war nun schon neun Jahre alt und ging zur Schule, unser Sohn Kurt, war vor wenigen Wochen sieben Jahre alt geworden. Bis heute kann ich mir kaum erklären, wie wir den Winter damals so gut überstehen konnten, doch die Jahre vergingen und Hermann und ich waren immer noch genauso glücklich wie am Tag, als unsere Tochter geboren wurde. Hermann hatte inzwischen die Leitung einer kleinen Gärtnerei übernommen und wir konnten uns eine größere Wohnung leisten. Die Wahrheit über mich hatte ich bis heute verschwiegen. Ich hatte mich so an unser Leben gewöhnt, dass ich es manchmal selbst vergaß. Es war zu schön, um wahr zu sein, und das sollte sich leider bald herausstellen. Hermann hatte bereits seit einigen Monaten über Bauchschmerzen geklagt. Ich schob es auf eine Unverträglichkeit, konnte aber nicht herausfinden, worauf er so empfindlich reagierte. Eines Nachmittags fand ich ihn vor, ich war noch mit den Kindern auf dem Spielplatz, als ich das Wohnzimmer betrat, lag er zusammengekrümmt vor dem Sofa. Völlig erschrocken und in Panik rief ich den Notdienst. Die Kinder schickte ich in die Küche, um Wasser und feuchte Lappen zu holen. Ich fühlte mich völlig hilflos in dieser Situation, ließ alles einfach geschehen. Die Stunden zogen an mir vorbei, während ich mit den Kindern im Korridor des Klinikums saß und auf eine Neuigkeit wartete. Annegret war bereits auf meinem Schoß eingeschlafen, Kurt war noch immer wach und wollte wissen, was passiert war. Aber eine Antwort konnte ich darauf nicht geben. Als schließlich der Arzt hereinkam und mir von der Diagnose berichtete, verfiel ich in einen Zustand tiefer Verleugnung. Das musste ein Fehler sein. Wieso ich? Wieso unsere Familie? Als ich wieder zu mir kam, hatten sich bereits große Tränen den Weg über meine Wange gebahnt.

»Pankreaskarzinom, Endstadium, Metastasen in Leber und Wirbelsäule.«

Ich verstand nicht viel von dem, was der Arzt mir zu erklären versuchte. Was ich aber verstand, war, dass mein Mann nur noch wenige Wochen bis Monate zu leben hatte. Wie sollte man als unsterbliche Person so etwas begreifen? Ich hatte mein Leben lang Angst gefangen zu werden aber nie hätte ich erwartet, auf diese Weise einen Menschen zu verlieren. Den einzigen Trost, den ich fand war, dass Hermann nie von meinem Geheimnis erfuhr. Ich musste ihm nicht das Herz brechen. Er hatte einen kurzen Leidensweg, nur sechs Wochen später verlor er den Kampf gegen seine Krankheit. Ich saß täglich stundenlang an seinem Krankenbett, las ihm vor, erzählte ihm, wie Kurt sich um seinen Garten kümmerte, während er weg war und wie mir Annegret im Haushalt half. Er sollte sich keine Sorgen um uns machen. Als er seinen letzten Atemzug tat, hielt ich seine Hand und weinte bitterlich. Nun war ich wieder allein. Nur, dass ich nicht allein war, ich hatte immer noch meine wundervollen Kinder. In ihnen lebte Hermann weiter, in ihren Augen, ihrem Lachen. Er war nie vollkommen verschwunden. Das war es, was mich all die Jahre am Laufen hielt. Mittlerweile waren mittlerweile 14 Jahre vergangen. Ich hatte nach drei Jahren wieder eine Sekretärstelle in der Redaktion angenommen. Kurt hatte den grünen Daumen seines Vaters geerbt und eine Lehre als Gärtner angefangen. Annegret war eine begeisterte Näherin und hatte sich bereits mit 19 Jahren verlobt. Sie liebte den Gedanken eine eigene Familie zu gründen und ich bewunderte ihre Entschlossenheit. Inzwischen waren sie beide erwachsen und für mich war es an der Zeit, weiterzuziehen. Man könnte sogar sagen, es war längst überfällig. Seit Monaten beschäftigte ich mich mit neuen Orten, Lösungen für eine Unterkunft. Ich war mittlerweile sehr geübt darin. Nur musste ich zuvor niemanden zurücklassen. Es hielt mich nachts wach, ich malte mir aus, wie ich es ihnen sagen würde, ihre Reaktionen. An jenem Tag setzte ich mich mit meinen Kindern zum Kaffee zusammen. Es war ein milder Sommertag, wir saßen draußen auf der Terrasse und genossen die letzten Sonnenstrahlen. Ich begann zu erzählen, dass ich fortgehen musste. Ich würde die Stadt verlassen und nicht mehr zurückkehren. Wir würden uns nicht mehr sehen können. Kurt und Annegret verstanden nicht, was ich ihnen sagen wollte aber ich fuhr einfach fort. Dabei ließ ich die Details über Reinhard aus und auch über mein tatsächliches Alter. Je weniger sie wussten, desto besser und sicherer war es für sie.

»Ich verstehe nicht, wie kannst du unsere Mutter sein? Wieso sind wir nicht unsterblich? Wie konntest du das all die Jahre vor uns geheim halten? Wusste Vater davon?«

Die Angst und Ratlosigkeit standen ihnen deutlich ins Gesicht geschrieben. Auf die meisten Fragen hatte ich selbst keine zufriedenstellende Antwort.

»Natürlich bin ich eure Mutter. Und ich werde es

immer sein, egal, wo ich mich auch gerade befinde.«
Wir saßen noch viele Stunden zusammen und redeten, mittlerweile war die Sonne untergegangen, der
Kaffee ausgetrunken und die Gemüter beruhigt. Ich
verließ die Stadt eine Woche später. Meine Kinder
zurückzulassen war das schwerste, was ich je tat,
schwerer noch als meinen Bruder zu verlassen. Zu
wissen, dass ich meine Annegret nicht zum Altar
begleiten würde, meine Enkel nicht in den Armen
halten könne, es brach mir das Herz. Aber wenn ich
die Wahl hätte, würde ich es jedes Mal wieder tun,
ohne zu überlegen.

Es dauerte eine Weile, bis Reinhard wieder zu sich kam. Er gab einige unverständliche Laute von sich, bevor er die Augen öffnete und realisierte, wo er sich befand. Wären meine Hände nicht gefesselt gewesen, wäre ich ihm auf der Stelle um den Hals gefallen. So belief es sich auf ein lautes Aufschreien, nach welchem ich ein weiteres Mal in Tränen ausbrach. Reinhard sah mich hilflos und erschrocken an.

»Anastasia! Was ist passiert? In einem Moment bin ich auf dem Weg zum Supermarkt und im anderen wache ich gefesselt neben dir auf.«
Es war zu spät um mich herauszureden. Ich musste ihm die ganze Wahrheit sagen.

»Es ist alles meine Schuld. Ich war unvorsichtig und Sie haben mich überlistet und deine Adresse gefunden. Es tut mir so leid Reinhard.«
Schluchzend vergrub ich den Kopf in meinem Schoß. Plötzlich spürte ich, wie Reinhard seinen Kopf tröstend gegen mich lehnte.

»Es wird alles gut. Ich gebe dir nicht die Schuld. Früher oder später wäre es zu dieser Situation gekommen. Aber wir werden schon einen Ausweg finden.«
Ich blickte ihn fragend an. Innerlich hatte ich schon mit meinem Leben abgeschlossen, aber in Reinhards Augen brannte immer noch ein Feuer. Er war noch nicht bereit, diese Welt zu verlassen.

»Ich habe mir gerade eine Karriere aufgebaut, bin erfolgreich, beliebt. Das 21. Jahrhundert ist das Beste, was ich je erleben durfte und ich habe noch lange nicht alles gesehen, was ich wollte.«

Ich wünschte mir, genauso eine Begeisterung zu haben die mich antrieb aber ich fühlte mich müde und kraftlos. Obwohl ich schon ewig lebte, war alles, was ich je getan habe, mich zu verstecken und wegzulaufen. Die Ewigkeit lag wie ein Fluch auf mir.

»Was sollen wir denn jetzt tun?«

Die Situation schien mir aussichtslos. In meinem Kopf hatte sich eine dunkle Wolke gebildet, die allen Optimismus verdrängte.

»Gute Frage. Sie werden uns hier drin ja nicht einfach verrotten lassen. Und sie hätten uns schon getötet, wenn es für uns keine Verwendung mehr gäbe. Wir sollten also erst abwarten, bevor wir zu voreilig handeln. Das ist unsere Chance, endlich zu verstehen, was sie von uns wollen.«

Mein Bruder war schon immer gut darin, einen kühlen Kopf zu bewahren. Egal wie aussichtslos die Situation auch schien, er fand immer die passenden Worte um mich zu beruhigen. Also warteten wir. Und obwohl wir uns viel zu erzählen hatten, schwiegen wir. Die Aufregung und Angst hatten mich verstummen lassen, während mein Bruder wahrscheinlich in seinen Gedanken dabei war, seine nächsten Schritte zu planen. Mir kam es wie eine halbe Ewigkeit vor, bis sich die Tür wieder öffnete. Es waren die gleichen Männer wie vorhin. Ihre Blicke waren starr und emotionslos auf uns gerichtet.

»Mitkommen!«

Sie lösten die Fesseln von meinen Beinen, packten

uns jeweils am Arm und zogen uns durch den langen, dunklen Korridor. Keiner von uns machte Anstalten sich zu wehren, es war zwecklos. Das Gebäude war sehr verwinkelt und erinnerte an eine Lagerhalle. Durch die wenigen, kleinen Fenster erkannte ich, dass es draußen noch dunkel war. Vor einer schmalen Holztür hielten wir an und einer der Männer klopfte zögerlich dagegen.

»Ähm, wir wären jetzt soweit.«

Luise öffnete die Tür und deutete die Männer in den Raum hinter ihr. Aus demselben ertönte eine Stimme, die mir seltsam vertraut vorkam.

»Danke Luise, du kannst dann gehen.«

Während Luise an uns vorbeiging, schoben die Männer uns in den Raum. Sie selbst sagten kein Wort und verschwanden dann wieder. Man hörte nur noch, wie die Tür hinter uns in Schloss fiel und verriegelt wurde. Ein beklemmendes Gefühl stieg in mir auf. Bei einem Blick aus dem Fenster konnte ich sehen, wo ich mich befand. Dies musste eins der Lagerhäuser am Hafen sein. Ich konnte die hohen blauen Kräne in der Ferne deutlich erkennen. Reinhards Stimme riss mich aus meinen Gedanken und erst jetzt erkannte ich, wer vor mir saß. An einem großen, hölzernen Schreibtisch saß ein bärtiger Mann mit kurzen, dunklen Haaren. Er trug einen blauen Anzug mit Hemd und Krawatte. Sein Kinn stützte er auf seine gefalteten Hände, während er mich und meinen Bruder ruhig und zufrieden anlächelte. Er war mit damals nicht mehr zu vergleichen, aber sein Gesicht hatte sich kein Stück verändert.

Doch in seinem Blick fand sich nichts Vertrautes wieder. Er guckte uns fasziniert und euphorisch an, über meinen Körper breitete sich eine Gänsehaut aus.

»Vater?«

Während ich noch kein Wort über die Lippen bekam, war Reinhard schon an den Schreibtisch herangetreten. Ich konnte hingegen meinen Augen nicht trauen. Wären meine Hände nicht gefesselt gewesen, hätte ich versucht, mir die Augen zu reiben, oder mich zu kneifen. Was konnte es sonst für eine Erklärung für diese Umstände geben, als, dass das hier ein schlechter Traum war? Unser Vater erhob sich und ging um den Schreibtisch auf Reinhard zu. Dieser machte zum Schutz ein paar Schritte rückwärts.

»Meine Kinder. Ihr könnt euch nicht vorstellen, wie schwer es war, euch nach all den Jahren aufzuspüren. Ihr habt es eurem alten Herrn wirklich nicht leicht gemacht.«

»Dann steckst du hinter all dem? Wir dachten sie hätten dich damals getötet. Und was soll das mit den Handschellen und Bodyguards?«

Reinhard schien außer sich vor Wut und auch ich konnte das alles nur schwer begreifen. Was wollte unser Vater von uns? Warum hat er uns entführt?

»Ich bin mir sicher Ihr habt viele Fragen und ich werde euch alles in Ruhe erklären.«

Er deutete auf ein kleines braunes Sofa in der Ecke. Nachdem wir uns hingesetzt hatten, setzte er sich wieder an seinen Schreibtisch.

»Tut mir leid, aber ich musste sichergehen, dass

ihr nicht weglaufen würdet.«

Sein Blick ging auf unsere Handschellen.

»Die *Kompanie* hat mich damals nicht umgebracht. Ich war ihnen zu wichtig. Das Haupt der Organisation war sehr alt und er brauchte einen Nachfolger, der ihre Arbeit bis zum Schluss weiterführen könne. Am Anfang wehrte ich mich, doch dann musste auch ich einsehen, dass unsere Existenz unnatürlich ist und eine Bedrohung für die Menschheit darstellt. Sie erklärten mir, dass die Fortpflanzung unserer Spezies verhindert werden musste, indem man uns enthauptet und den Kopf verbrennt. Erst dann kann der Körper nicht mehr weiterleben. Ich erkannte, dass ich erst ruhen kann, wenn ich weiß, dass meine Familie ihren Frieden im Jenseits gefunden hat. Eure Mutter schien anfangs kooperativ als wir euch gemeinsam finden wollten, doch als sie dich, Anastasia, damals in einem Lokal aufspürte, konnte sie es nicht übers Herz bringen dich auszuliefern. Nicht mal, als ich ihr mit dem Tod drohte.«

Ich hatte mich also nicht geirrt, es war meine Mutter, die ich damals gesehen hatte. Sie hatte ihr Leben für meins geopfert, ein weiteres Mal. In mir drin zog sich alles zusammen.

»Was für ein Schwachsinn! Ich werde doch mein Leben nicht aufgeben, nur weil jemand dir vor vierhundert Jahren eine Gehirnwäsche verpasst hat. Und wieso sollten wir dir vertrauen, nach dem was du Mutter angetan hast?«

Reinhard konnte sich kaum auf seinem Sitz halten. Und er hatte recht. Der Mann vor uns sah zwar aus wie unser Vater, aber er war es nicht. Was auch immer ihm damals widerfahren ist, es hat ihn verändert. Er hätte Mutter niemals etwas angetan.

»Versteht ihr es denn nicht? Ihr werdet nie ein normales Leben führen können. Dieses Versteckspiel was ihr seit Jahrhunderten führt wird nie enden. Die Menschen werden euch nicht akzeptieren, auch wenn ich nicht mehr da bin.«

Ganz gleich, ob ich seiner Meinung war, ich hatte Verständnis für seine Worte. Ich selbst habe auch schon über den Sinn meine Existenz nachgedacht. Ich hatte nun schon unzählige Leben gelebt, aber nie habe ich die Bedeutung dahinter gesehen. Immerzu mussten wir uns verstecken und mit jedem Neuanfang stumpfte ich mehr ab. Was für einen Zweck hatte ein Leben, wenn es nie enden würde? Was bedeuten Freundschaft und Liebe, wenn sie dazu bestimmt sind, zu zerbrechen, wenn du jede Person, der du begegnest, überleben würdest? Und mir wurde schlagartig bewusst, dass das Leben ohne den Tod nichts wert war. Sie gehörten zueinander wie die Nacht zum Tag.

»Was genau hast du mit uns vor?«

Mein Vater schreckte hoch und guckte mir tief in die Augen, als hätte er meine Stimme zum ersten Mal gehört.

»Meine Leute bereiten bereits alles für uns vor. Es wird morgen früh stattfinden, nach Sonnenaufgang. Bis dahin könnt ihr euch hier in meinen Räumlichkeiten ausruhen.«

Er legte einen kleinen Schlüssel auf den Schreibtisch

und verschwand aus dem Raum, bevor wir noch etwas sagen konnten. Einen Moment lang saßen wir einfach nur still und regungslos da. Die Anspannung war deutlich im Raum zu spüren und machte mich wahnsinnig. Reinhard stand ruckartig auf und ging zum Schreibtisch, um sich den Schlüssel genauer anzugucken.

»Hier, ich versuche deine Handschellen aufzumachen«

Es stellte sich mit gefesselten Händen jedoch als schwerer heraus, als es aussah. Nach einigen gescheiterten Versuchen schaffte er es allerdings sie zu öffnen, sodass ich anschließend seine Handschellen öffnen konnte. Er rieb sich das Gesicht und ging hektisch im Raum auf und ab. Nichts, was ich jetzt sagen würde, könnte die Situation besser machen. Also entschied ich mich zu schweigen, bis Reinhard seine Gedanken sortiert hatte. Ich selbst war auch damit beschäftigt zu verarbeiten, was soeben geschehen war. Eine unmögliche Aufgabe, wenn man bedenkt, was alles geschehen war. Mein Freund ist von Psychopathen entführt worden und sie haben Gott weiß was mit ihm gemacht, meine angeblich beste Freundin ist eine von ihnen und mein für tot geglaubter Vater der Anführer des Ganzen. Ein dumpfer Knall ließ mich aufschrecken. Reinhardt hatte mit der Faust gegen die Wand geschlagen und stand jetzt, am ganzen Körper zitternd, davor. Ich stand auf und griff seinen Arm.

»Wir dürfen jetzt nicht die Fassung verlieren, hörst du!«

Ich habe meinen Bruder noch nie so gesehen. Er war nicht der Typ, der aus der Ruhe geriet. Für ihn muss das alles auch sehr belastend sein und trotzdem gab er nicht auf. Er nahm meine Hand und einen tiefen Atemzug.

»Du hast recht, Schwester. Wir müssen nachdenken. Als die Angreifer uns überlistet haben, hatten sie das Überraschungsmoment auf ihrer Seite. Sie konnten uns ohne weiteres außer Gefecht setzten. Jetzt sind sie zwar immer noch in der Überzahl, jedoch wiegen sie sich in Sicherheit, was wir zu unserem Vorteil nutzen könnten. Ich kann zum Glück behaupten, dass ich jeden existierenden James-Bond-Film gesehen habe. Es gibt immer einen Ausweg, man muss ihn nur finden.«

Ich blickte meinen Bruder planlos an. Ehrlich gesagt haben mich solche Action-Filme nie interessiert, weil ich sie zu unrealistisch und überladen fand. Dass das eines Tages ein Nachteil werden könnte, hatte ich nicht gedacht. Währenddessen untersuchte mein Bruder den Raum.

»Vielleicht finden wir hier irgendetwas, was uns bei der Flucht helfen könnte. Ein Rohr oder Balken, Irgendetwas hartes, spitzes.«

Ich verstand langsam, was mein Bruder vorhatte und begann ebenfalls den Raum genau unter die Lupe zu nehmen. Bis auf den Schreibtisch, das Sofa und einen kleinen Teppich gab es allerdings nicht viel. Das Fenster war verschlossen und mit Gittern verriegelt, die Scheibe einzuschlagen würde zu viel Aufmerksamkeit erregen. Ich erkannte auch, dass draußen die Morgendämmerung schon begonnen hatte. Wir mussten uns beeilen.

»Das könnte klappen. Hilf mir den Tisch umzudrehen. Die Beine sind nur geleimt, ich versuche sie abzubrechen.«

Mein Herz schlug mir bis zum Hals, als wir versuchten den Tisch möglichst ohne Geräusche auf die Seite zu drehen. Reinhard stellte sich auf das obere Bein und drückte es runter, während ich ihn stützte. Nach wenigen Anläufen brach das erste Bein durch und wir fuhren mit dem zweiten fort. Vor Aufregung hörte ich kaum, wie laut wir waren. Wir hielten einige Sekunden inne und hörten, ob sich jemand nähern würde. Stille. Als wir glaubten, sicher zu sein, begann Reinhard mit der Fluchtplanung.

»Die Männer sind zwar größer und stärker als ich, jedoch könnte sie ein Schlag aus dem Hinterhalt für ein paar Minuten außer Gefecht setzten. Ich schlage vor, wir verstecken uns hinter dem Sofa. Der Tisch wird sie verwirren, sodass Sie sich umschauen werden. Besonders intelligent schienen sie mir nicht. Wenn sie an uns vorbei sind, kommen wir raus und überlisten sie.«

»Soweit so gut, aber was, wenn es mehr als zwei sind, oder sie der Schlag doch nicht umhaut?«

Mir schien der Plan zwar sicher, aber es gab zu viele Variablen, auf die wir uns nicht verlassen konnten.

»Ich weiß, dass der Plan nicht perfekt ist, aber wir haben keine Zeit für Zweifel. Sie könnten jeden Moment hier auftauchen. Und dann haben wir nur eine Chance. Ich habe mir gemerkt, wie wir hergekommen sind und auch, wie sie mich aus dem Auto in den anderen Raum gebracht haben. Wenn wir hier rauskommen müssen wir links den Korridor runter bis zum Ende, dann rechts und bei der nächsten Abbiegung wieder links. Da gab es eine Tür mit großer gelber Aufschrift. Das ist der Ausgang. Wir werden nicht viel Zeit haben, bis sie merken, dass wir weg sind und wir dürfen unter keinen Umständen gesehen werden. Ich habe keine Ahnung, wie viele von diesen Männern hier noch herumlaufen könnten und ich denke nicht, dass ich es leicht mit ihnen aufnehmen kann.«

Je mehr Reinhard redete, desto unsicherer wurde ich. Aber ich ließ mir nichts anmerken, um Reinhard nicht aus der Ruhe zu bringen. Wenigstens einer von uns sollte sich sicher sein, was er tut. Draußen war die Sonne bereits am Horizont zu sehen, es muss ungefähr 5:00 Uhr gewesen sein. Während wir hinter dem Sofa darauf warteten, dass sich die Tür öffnete, ging ich im Kopf alle möglichen Szenarien durch. Die Stille war in diesem Moment lauter als je zuvor. Ich nahm jede Bewegung, jedes kleinste Rauschen so intensiv wahr, als wären sie direkt neben meinem Ohr. Es machte mich wahnsinnig. Jeder Versuch an etwas anderes zu denken scheiterte. Ich fragte mich, was passieren würde, wenn wir es nicht schaffen würden. Was würde ich tun. Würde ich mich kampflos ergeben? Wollte ich überhaupt noch kämpfen? Plötzlich hörte ich leise Schritte, die sich näherten. Reinhard richtete sich auf und umklammerte sein Tischbein noch fester. Mein Puls war nun fast lauter als das Schloss der Tür, die sich in diesem Moment öffnete. Ich hielt den Atem an. Dann hörte ich, wie jemand den Raum betrat, aber traute mich nicht nachzugucken. Wie gelähmt saß ich hinter dem Sofa und umklammerte das Tischbein so stark, dass es weh tat. Ich hörte Schritte, die näher kamen. Als ich plötzlich zur Seite guckte, sah ich vier Füße, die sich dem immer noch umgedrehten Tisch näherten. Jetzt oder nie. Reinhard nahm meine Hand und kam leise, aber schnell hinter dem Sofa hervor. Ich kam hinterher und sah, dass die beiden Männer dabei waren, den Tisch zu untersuchen, als wir gleichzeitig zum Schlag ansetzten. Es geschah alles so schnell, dass ich mich kaum erinnere. Irgendwann nahm Reinhard meine Hand und zog mich weg. Ich hatte nicht gemerkt, dass der Mann bereits blutend und regungslos am Boden lag.

»Ana, das reicht. Wir müssen weiter.«

Er suchte die Männer ab und nahm sich die Schlüssel und einen Schlagstock. Wir gingen raus und schlossen die Tür hinter uns ab. Reinhard nahm meine Hand und zog mich hinter sich her. Als wir den ersten Korridor durchquert hatten, hielt Reinhardt an und presste einen Finger gegen seine Lippen, um zu sagen, dass ich ruhig sein soll. Als die Luft rein war, zog er mich um die Ecke in den nächsten Korridor. Wir schlichen langsam und hörten, ob sich jemand in der Nähe befand. Nach ungefähr zehn Metern sah ich links den letzten Korridor.

»Da ist die Tür.«

Währenddessen hörte ich, wie sich hinter uns Schritte näherten. Reinhard griff meine Hand und rannte den langen Flur herunter in Richtung Tür.

»Da sind Sie! Schnappt sie euch!«

Luise stand mit zwei weiteren Männern am anderen Ende des Ganges. Reinhard versuchte währenddessen jeden der Schlüssel im Schloss. In diesem Moment wurde mir klar, dass wir es ohne Weiteres nicht schaffen würden. Einer von uns musste die Männer ablenken, damit der andere entkommen würde. Und dieser Jemand würde ich sein. Mein Bruder hatte mir schon unzählige Male das Leben gerettet. Ich fühlte, dass ich jetzt an der Reihe war. Reinhard hatte es verdient weiterzuleben, er hatte seinen Willen noch nicht verloren. Ich ließ seine Hand los und flüsterte ihm zu, dass er fliehen soll. Dann drehte ich mich um und rannte schreiend und mit dem Schlagstock bewaffnet auf die Männer zu. Ich vergaß alles um mich herum, schloss die Augen und schlug einfach zu. Einen von Ihnen traf ich an der Schläfe. Der Andere riss mich zu Boden und fixierte meine Hände auf meinem Rücken. Ich konnte nur noch Reinhard sehen, wie er die Tür öffnete und meinen Namen schrie.

»Lauf verdammt!«

Dann verschwand er, während der Mann, den ich getroffen hatte, wieder aufstand und meinem Bruder hinterherrannte. Was danach mit Reinhard passierte, konnte ich nicht mehr erkennen. Der Mann warf mich über die Schulter und brachte mich in eine große Halle. Mein Vater stand in einer Ecke und redete mit Luise. Sie blickten mich beide an und die

Miene meines Vaters verfinsterte sich. Der andere Mann kam kurze Zeit später aufgeregt wieder und ging auf meinen Vater zu. Keine Spur von Reinhard. Für einen kurzen Augenblick war ich hoffnungsvoll. Vielleicht hatte es Reinhard geschafft und das alles war nicht umsonst gewesen. Dann begann ich, mich in der Halle umzusehen. Wie in einer Lagerhalle, gab es nur wenige Dachluken oben an den Wänden, keine Fenster, grelles LED-Licht erhellte den Raum. Ich bemerkte im hinteren Teil der Halle eine große Feuertonne und drei Guillotinen und mir wurde schlagartig sehr mulmig zumute. Das ist also der Ort, an dem ich schlussendlich sterben würde. Auch wenn ich nie wirklich darüber nachgedacht hatte, hatte ich es mir anders vorgestellt. Andererseits gibt es wahrscheinlich nie einen richtigen Moment für das Sterben.

»Du und dein Bruder, ihr habt es wirklich geschafft. Ich hatte ernsthaft gehofft, dass ihr mich verstehen würdet. Aber dein Bruder war schon immer ein Sturkopf. Es wird wohl noch ein paar Jahrzehnte dauern, bis ich meine Arbeit auf dieser Welt getan habe. Für dich, Anastasia, tut es mir leid, dass wir das nicht gemeinsam beenden können, aber ich werde deinen Bruder nicht entkommen lassen. Ich schulde es der *Kompanie*, mein Werk hier zu vollenden. Luise, bitte bringe das hier für mich zu Ende.«
Mein Vater nickte Luise zu und strich mir ein letztes Mal über die Wange, bevor er die Halle verließ. Luise gab den Männern ein Zeichen und einer von ihnen packte mich am Arm und zog mich rüber zu

einer der Guillotinen.

»Bringen wir es hinter uns Anastasia. Du hast uns lange genug aufgehalten.«

Ich machte nun keine Anstalten mehr, mich zu wehren. Es war zu spät. Meine Zeit war gekommen und ich fing an zu akzeptieren, dass mich auf dieser Welt nichts mehr hielt. Mein Bruder wird weiterleben, dieses Geschenk konnte ich ihm noch machen. Doch ich bin müde und ich denke, es ist jetzt an der Zeit für mich zu gehen. Ich schließe die Augen, als der Henker meinen Kopf fixiert und ich auf mein Ende warte. Ich lasse mein Leben noch einmal vor meinem geistigen Auge Revue passieren. Die wundervollen Momente, die ich erleben durfte, die Menschen, denen ich begegnete, die Spuren, die ich hinterlassen werde. All das bin ich. Mit einem Mal wird alles um mich herum leise. Ich spüre eine Leichtigkeit, wie ich sie noch nie zuvor gespürt habe. Ich merke, wie ich aufsteige, meinen Körper und alles Irdische hinter mir lasse und zum ersten Mal in meinem Leben fühle ich mich frei.